晴れ、ときどき雪

小手鞠るい

KODANSHA

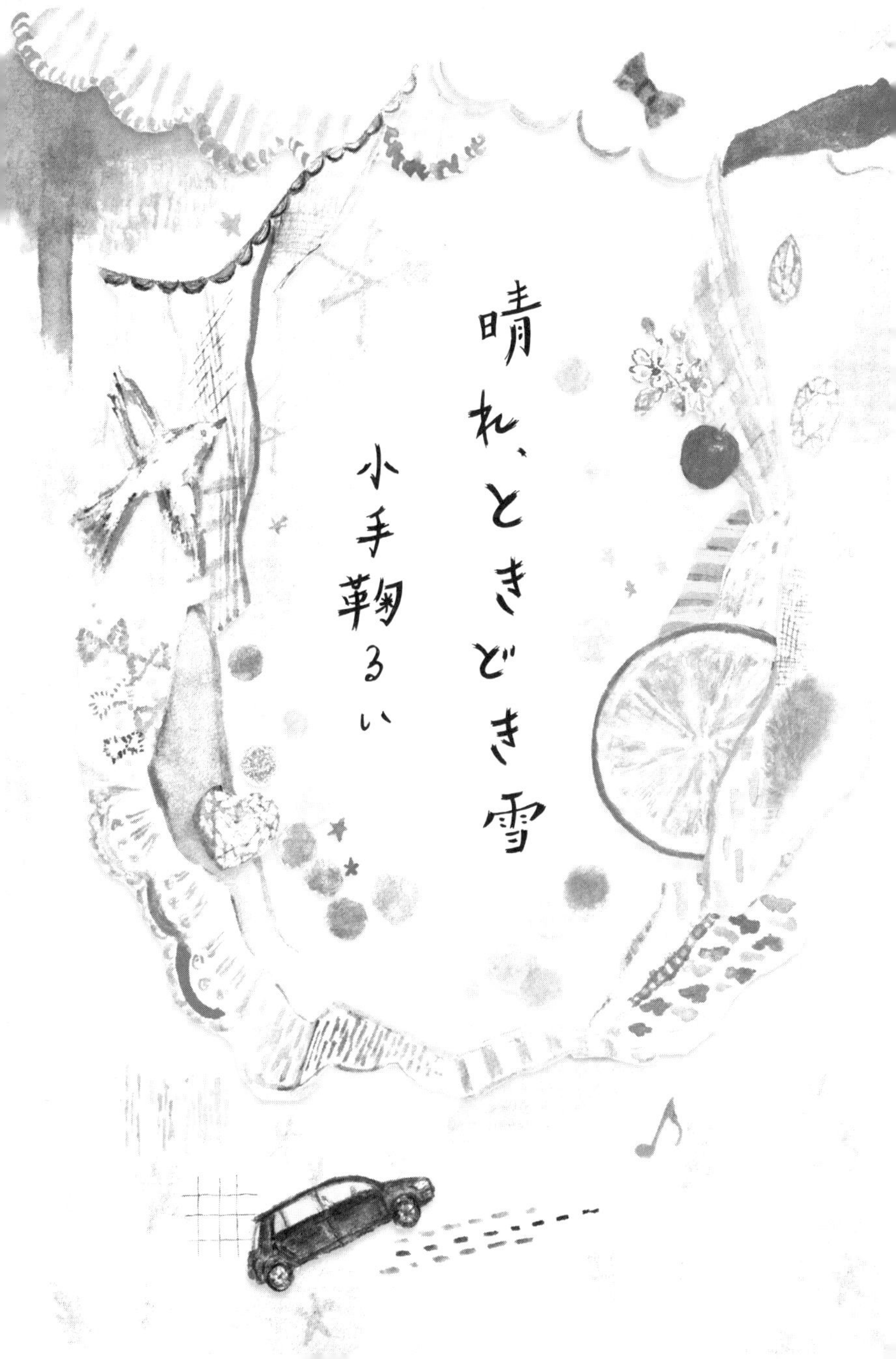
晴れ、ときどき雪
小手鞠るい

目次

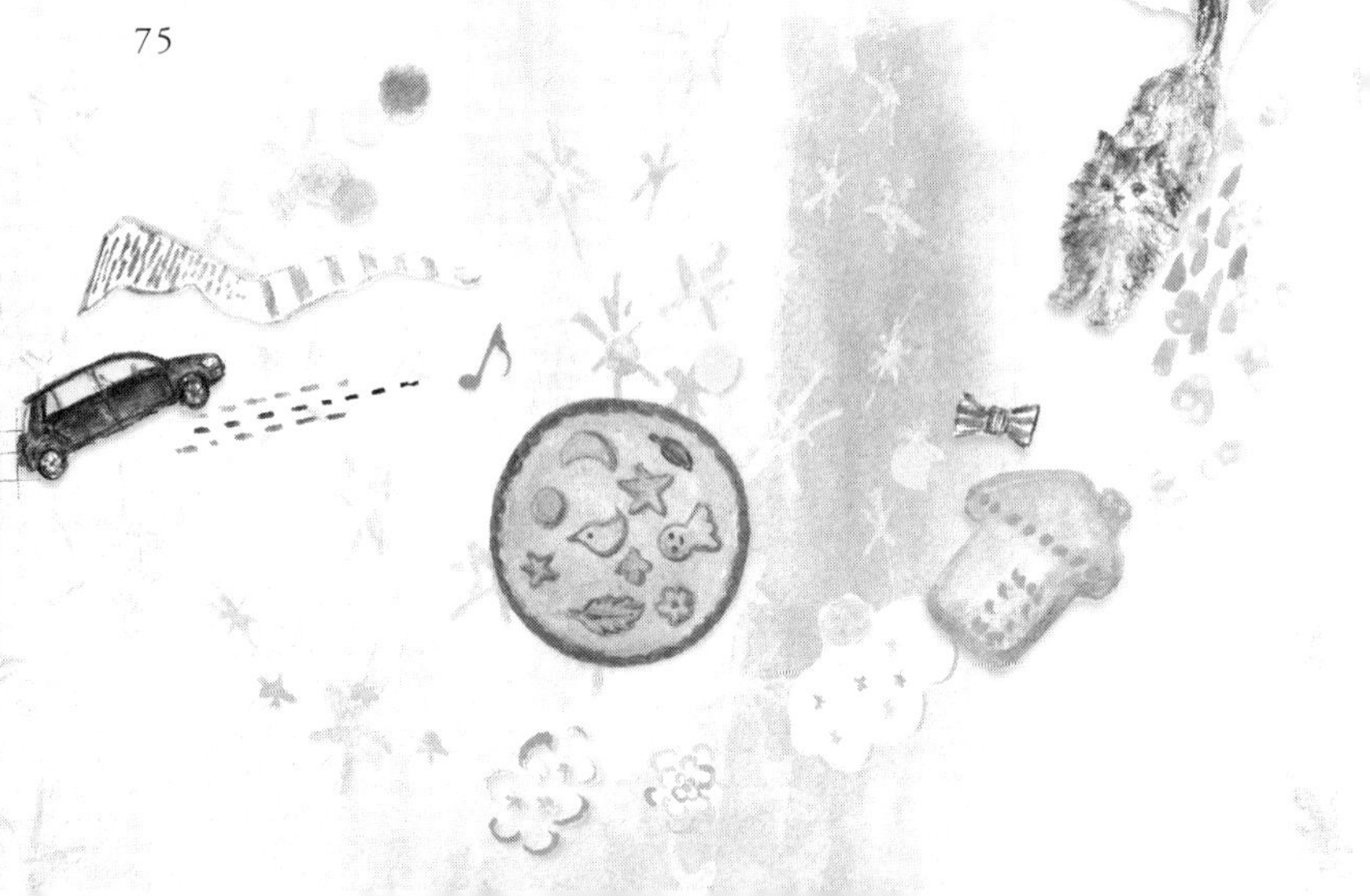

第1話

春の嵐《あらし》と夏の約束

扉《とびら》

今　いちばん好きな人はだれですか
夜　眠る前と
朝　目を覚ましたときに
必ず想いをめぐらせる人はだれ

きのう　凍りついた手で
閉じた扉を
きょうは　あなたの手で開けなさい

今　いちばん好きな人はだれですか

夜　寄り添いたくて
朝　雨の音を聞いていたい
いつもそばにいて
同じ風景を見ていたい人はだれ

江森愛理《えもりあいり》――四季

すみれ色の夕暮れ時。

あたしはベッドに寝転《ねころ》がって、お気に入りの曲に包まれて、空想にふけっている。

まだ完全な夜にはなっていない、でも絶対にお昼ではない、中途半端《ちゅうとはんぱ》であいまいなこの時間帯があたしは好きだ。まだ完全な大人にはなっていない、でも絶対にお子さまではない、どっち付かずで不安定なあたしみたいだ。

高二の春休み。事実上はまだ高一。

高一と高二のあいだの、やっぱり宙ぶらりんな、短い季節。

部屋を満たすようにして流している音楽は、アントニオ・ヴィヴァルディの創ったヴァイオリン協奏曲集『四季』――今はまだ「春」が始まったばかり。

小鳥は春の歌をさえずり、せせらぎがそれらに重なり、優《やさ》しい春風が吹《ふ》いてきて、さわさわと、川べりの草を揺《ゆ》らしている。

まだ完全な恋《こい》ではない、でも絶対に、淡《あわ》いあこがれとか、片思いとかじゃない、なんて言えばいいのだろう、色濃《いろこ》く漂《ただよ》ってくる恋の気配みたいなものを感じさせる主旋律《しゅせんりつ》。

そのあとに続くのは、春の嵐だ。

黒い雲で覆《おお》われた空に光る稲妻《いなずま》、とどろく雷鳴《らいめい》。

激しい嵐が去ったあとの、ソロのヴァイオリンの奏《かな》でる小鳥の声。

その美しさ、その艶《つや》、弾《はず》んだ感じ、華《はな》やかさ。

これって、まるで本物の恋みたいだ。恋に、本物と偽物《にせもの》があるのかどうか、そんなことはこの際、どうでもいい。

ああ、何度、聴《き》いても、うっとりする。

でも、こんなふうに純粋《じゅんすい》にうっとりできるのは、あたしの専攻《せんこう》がヴァイオリンじゃないせいかもしれないな。

五歳《さい》のころから、ヴァイオリンひとすじでやってきた友だちは、こんなことを言っていた。

「『四季』はもちろん素敵《すてき》だけど、純粋には楽しめないな。自分はまだまだだし、弾《ひ》けそうもないし、手が届きそうにもない。未来には、苦しいことだけが待っている。そういう気持ちになってしまう」

あたしはあのとき、首が折れそうになるくらい大きく、うなずいた。

実は、あたしもまったく同じなのだ。

あたしの場合には、プロのピアニストの演奏を聴くたびに、そう思う。

弾けそうもない、手が届きそうにもない。あたしの未来には、苦しいことだけが待っている。

それでも、あたしにはピアノをあきらめることはできないし、あきらめない。

ピアニストになりたい。

あたしの夢は、小さくない。

ピアノ教室の先生や学校の音楽の先生、じゃなくて、ステージの上でピアノを弾ける人になりたい。その他おおぜいでもなく、誰《だれ》かの伴奏者《ばんそうしゃ》でもなく、あたしはたったひとりで、オーケストラを従えて弾く、ソリストになりたい。

それがどんなに難しいことであるか、頭でも体でも、わかっているつもりだ。

音楽教育を専門にしている私立高校に入学して、一ヵ月も経《た》たないうちに理解できた。

思い知らされた、というのが正しい。

中学生時代には、学校内で、あたしほど上手にピアノを弾ける子は、ひとりもいなかった。公民館でおこなわれたコンサートを取材した、地元の新聞記者はあたしのことを「天才少女」と書いてくれた。お世辞だとわかっていても、誇《ほこ》らしかった。

けれど、この高校には、天才なんて星の数ほどいる。

みんな、あたしよりも何倍もうまく弾ける。爪《つめ》の先が割れて、指先から血が滲《にじ》み出《で》てくるまで練習を積み重ねてきた子が、隣《となり》の机で勉強している。親が有名なピアニストの子もいる。小学生時代にオーストリアへ音楽留学をしてきた子もいる。

あたしはほんのちょっとだけピアノがうまい、平凡《へいぼん》な少女に過ぎない。

これが現実なのだ。

でも、あたしは負けない。

現実が厳しいからと言って、夢をあきらめたりしたら、現実はもっと退屈《たいくつ》で、出口のない迷路になってしまう。そんなの、いやだ。

昔から「夢はでっかいほうがいいね」と、応援《おうえん》してくれているお兄ちゃん。

「愛理の夢を、ありとあらゆる方法でサポートする」と言って、都内の支社に転勤願《てんきんねがい》まで出して、学費の高いこの高校に通わせてくれているパパ。

ママも「愛理ちゃんにヨーロッパ留学をさせてあげたい」と言って、去年からパートタイムで歯医者さんの受付の仕事を始めた。これは決してママの好きなタイプの仕事ではない。「クリエイティブじゃない仕事をするくらいなら、しないほうがまし」なんて、言ってたこともあったのに。

家族の期待を背負っているから、というわけじゃない。背負っていても、いなくても、あたしはそんなに簡単には夢をあきらめない。絶対に。

ヴィヴァルディの協奏曲第一番ホ長調「春」は、第一楽章のアレグロ、第二楽章のラルゴ、第三楽章のアレグロの三部で構成されている。

あたしは今、第一楽章の春の嵐のまっただなかに、放りこまれているのだと思う。

春が終われば夏、夏の次は秋、そして、冬が待っている。

一年、ということじゃなくて、青春時代における四季。

四つの季節を経て、あたしは本物のソリストになれるのだろうか。

「ピアニストになるためには、四本の脚《あし》が必要です」

中三まで、あたしがピアノを習っていたマリア先生は、こんなことを言っていた。

「グランドピアノは、三本の脚で支えられています。ピアニストには四本が必要です。才能、努力、ラブ。ラブは情熱。ピアノに対する愛ですね。これが三本の柱。でも、これだけでは足りません。あともう一本が必要です。愛理ちゃん、なんだと思いますか」

あたしは無邪気《むじゃき》に答えた。

「ペダルです！」

ブラジル生まれの先生は笑った。髪《かみ》の毛《け》と肩《かた》を揺らして、心底、楽しそうに。

笑ったあと、きりっとした表情になって、続けた。

「ペダルは床《ゆか》には着いていません。ペダルはピアニストを支えてくれません。もうひとつ、ピアニストになるために必要なのは『無心』です」

「むしん？」

「そう、英語で言うとナッシング」

まるで意味がわからなかった。

「無心で練習をするのです。ピアニストになりたい、という夢さえ忘れて、ひたすら練習するのです。つまり、なりたい、という気持ちを捨てることによって、愛理ちゃんは初めてピアニストになれるのです。夢を忘れない限り、夢の実現はできないのです」

ますますわからなくなった。

無心で練習することと、努力することは、同じなのではないだろうか。

夢を忘れたりしたら、夢の実現なんて、できないに決まっている。

「いつか、わかるときが来ます」

先生はそれ以上、何も言わなかった。

あたしにはまだ、何もわかっていない。

無心になること、じゃなくて、無我夢中《むがむちゅう》になることこそが、夢の実現には必要なのではないか。


じゃあ、恋の実現には、何が必要なのだろう。

恋を忘れない限り、恋の実現はできない？　まさか。

ふと気が付いたら「夢」を「恋」に置《お》き換《か》えているあたしがいる。

無心に相手を思うこと、無我夢中になることこそが、恋の実現には必要なのではないだろうか。

つまり、恋と夢は同義語なんじゃないか。

あたしには、好きな人がいる。もう何年も前から。

この気持ちを「恋」と呼んでいいなら、これは恋だ。しかも、初恋。

初恋の相手は、あたしと同じで、夢を追いかけ続けている人だ。小説家になる、という夢。ピアニストと同じくらい、実現するのが難しい夢なんじゃないかと思う。でも、あきらめないで、努力し続けている。応援できるし、応援したい、心から。

その人の夢を応援するっていうのは、恋の第一歩じゃないかと、あたしは思っている。応援できない人に、あたしは恋ができない、とも言えるのかな。

眼鏡が似合う。本が似合う。三度のごはんよりも読書が好きだって、いつも言っている。信じられないくらいたくさんの本を読んでいて、あたしの知らない、いろんな言葉を知っている。言葉だけじゃなくて、なんだろう、彼《かれ》の内面には、あたしの知らない、いろんな引き出しがある。

あたしは、それらを全部、あけてみたい。いつか、この手で。

彼をピアノにたとえると、あたしは「彼を弾いて」みたい。いつか、この指で。

彼への思いは、強い。けれど、あたしはその強い思いを彼に向かって、表すことができないままでいる。なんて意気地《いくじ》なしなんだろう。

あたしは生来、とっても強い子で、負《ま》けず嫌《ぎら》いで、欲《ほ》しいものがあれば、待っているだけじゃなくて、それを手に入れるために積極的に行動する子だった、はずだ。

なのに、なぜか、できない。恋に関してだけは、できない。情けない。

彼からのアプローチを、彼からの告白を、ただ、待つだけの弱い女の子に成り下がってしまっている。

だから、恋と夢は同義語なんかじゃなくて、反対語なんだ、きっと。


「愛理ちゃん、ごはん、できたわよ。先にふたりで食べよう」

「はぁい」

お兄ちゃんは去年から大学生になって、大阪でひとり暮らしをしている。

パパは仕事がものすごく忙《いそが》しくて、今夜も帰りは深夜になるだろう。

あたしとママはふたりで食卓《しょくたく》に着く。

「いただきまぁす！」

テーブルの上には、ママのいつもの料理が並んでいる。小ぶりの器《うつわ》に、きれいに盛り付けられた、野菜料理。色も形も本当にきれいで、食べるのがもったいないくらいだ。

アスパラガスとちりめんじゃこの炒《いた》め物《もの》、竹の子と椎茸《しいたけ》の煮物《にもの》、蕗《ふき》とたらの芽の揚《あ》げ物《もの》、春キャベツのおひたし。ごはんは、空豆の豆ごはんで、お味噌汁《みそしる》には、お揚げとわかめが入っている。これに、メインの魚料理が付く。きょうは白身魚のフライ。柚子《ゆず》風味のタルタルソース付き。

パートタイムで仕事をするようになってからも、ママは料理の手抜《てぬ》きをしない。食材は旬《しゅん》の新鮮《しんせん》なものばかり。タルタルソースを含《ふく》めて、すべて手作りだ。買ってきたものを並べたりしない。「手伝おうか」と言っても、断られる。

「これは私の仕事。愛理ちゃんの仕事は、勉強とピアノでしょ」

これがママの昔からの口癖《くちぐせ》で、この口癖は今も生きている。

あれ？

いつものように食事を始めてほどなく、いつもとは違《ちが》う「あること」に気づいた。

ママの手首に、ブレスレットが巻かれている。

銀色のハートと星と三日月がつながった鎖状《くさりじょう》になっていて、ところどころに、天使みたいな小さな小さな人形が付いているように見える。ちょっと、というか、かなり乙女《おとめ》チック。ママの趣味《しゅみ》ではない感じだ。

あたしは思わずこう言った。無邪気な声で。

「かわいい！　ね、ママ、そのブレスレット、かわいいね。見せて」

すると、驚《おどろ》いたことに、ママはあわてて、右手で左の手首を隠《かく》そうとするではないか。お箸《はし》を落としそうになりながら。

はっ、とした。

隠そうとする仕草がいかにも不自然だった。あわて方も普通《ふつう》じゃないし、ママの頬《ほお》に一瞬《いっしゅん》、赤みが差したようにも見えた。別に、悪いことをしたわけでもないのに、どうしちゃったんだろう、ママ。

「どうしたの」

問いかけながら、あたしは思い出していた。ママは前に「ブレスレットは好きじゃない」って言ってた。「じゃらじゃらして、家事の邪魔《じゃま》になる。料理をするときには特に」なんて言ってた、はずだ。それなのに。

ママは手首を押《お》さえたまま、あたしの顔は見ないで言った。

「ああこれね、お友だちからのいただきもの。ほら、こないだ、誕生日だったでしょ」

聞いた瞬間、嘘《うそ》だ、と思った。

思ったというよりも、わかった、というべきか。

ママは確かに、誕生日の少しあとで、友だちに会って、ランチをいっしょに食べたって、話していた。でも、贈《おく》り物《もの》をもらった、とは言っていなかった。もらっていれば、必ずあたしに見せてくれたはずだし、きょうまでずっと、こんなブレスレット、着けてもいなかった。

ママがあたしに嘘をついている！

ショックを受けたわけではない。

へえええ、と、あたしはびっくりしている。

ママに、恋人がいる？　パパ以外に好きな人ができた？

あのブレスレットはきっと、その人からもらったものなんだろう。そうとしか、思えない。

あたしの直感は、外れたことがない。

あたしの妄想《もうそう》は、いつだって、真実に早変わりする。

これって、不倫《ふりん》？

でもあたしは、ママを責めたり、批判したり、否定したりはしない。

アスパラガスを箸でつまんで、口に入れて、がしがし嚙《か》みながら、ママ、やってくれるよねーなんて、思っている。パパには悪いけど。

ママにも「お料理の上手な奥《おく》さん」や「江森部長の妻」ではない世界があって、いいはずだと思う。それが人間だ。ママだって、若い女性なのだ。夢見る時間だって、ときめきだって、必要だろう。

仕事にばかりかまけて、ママのことをまるで家政婦さんみたいに考えているパパにも、反省の余地あり！

こんなことを思うあたしは、いけない娘《むすめ》なんだろうか、それともいい娘？

わかんないよ、そんなこと。

そこまで思ったとき、ふと、心に浮《う》かんできた人がいた。

ううん、正直に言うと「ふと」じゃない。

いつも思っているから「ふと」なんかじゃない。

そうだ、これは「きっかけ」だ。

あたしはずっと、きっかけを待っていたんだ。

好きな人に連絡《れんらく》をするきっかけを。

彼にメールを送って、尋《たず》ねてみよう。

母親の不倫に気づいた娘って、どのようにふるまうべき？

中学生時代から小説を書いていて、彼によると「妄想するのがぼくの仕事」なのだから、何か有効なアドバイスをくれるかもしれない。

ううん、アドバイスなんて、口実。

あたしは彼の声が聞きたい。

それだけなんだ。

聞きたい、聞きたい、会いたい。

会いたいなら会いたいって、言えばいいのに、それができない。

できないから、これは恋なんだ、きっと。

心のなかで、春の嵐が吹《ふ》き荒《あ》れている。

夢も恋も、あたしはあきらめない。

両方を自分のものにする。

嵐のように相手を思うこと、無我夢中になることこそが、恋の実現には必要なのだ。

岸本雄大《きしもとゆうだい》——青空に稲妻

真夏の夜だ。夏は暑い。当たり前だ。日本の夏は猛烈《もうれつ》に暑い。高二の夏休みは特に。背中に冷《ひ》や汗《あせ》が出るほど、オレの気持ちだけは熱い。できあがっている原稿《げんこう》は、厚くない。薄《うす》い。薄過ぎる。グラスの氷が溶《と》けてしまって、水っぽくなったアイスコーヒーみたいだ。窓の外には、昼間の猛暑の熱気が固まって、真っ黒なコンクリートの塊《かたまり》みたいになっていて、それがちびちびと溶けて、じわじわと室内に侵入《しんにゅう》してくるような気配をオレは感じている。

ああ、理屈《りくつ》っぽいぞ。
こんな文章で、真夏の熱気と、主人公「オレ」の熱意が読者に伝わるか。
伝わらないだろうな、何も。
下書き用のノートから顔を上げて、窓の外に広がっている真夏の夜の闇《やみ》を見つめる。

確かに、熱気が固まっているように見える。

しかしあれは、コンクリートではなくて、コールタールかもしれないな。

コールタールの闇を見つめているぼくは、涼《すず》しげな顔をして、ほどよく冷房《れいぼう》の効いた部屋のなかにいる。クールな部屋で、ホットな空気の描写《びょうしゃ》をしようとしている小説家って、ずるい。

もっと正確に表現せよ。

小説家を目指して小説を書いている高二の男子。

もっと正確に。

プロの小説家になったつもりで、アマチュア小説を書きあぐねている高二の男子。

そう、それがぼく、岸本雄大なのである。これは実名。

岸本優題《ゆうだい》――これがぼくのペンネームである。

優題と書いて「ゆうだい」と読む。「題」には「命題」という意味をこめている。小説とは、苦難に満ちた時代に対して差し出す、小さな命題ではないかと考えているから。生意気にも。「優」には、深い意味はない。勇ましい感じがする「雄」は、小説家には似合わないと思って「優しい」の「優」を当てた。優秀《ゆうしゅう》の優ではない。

遅々《ちち》として進まない原稿を目の前にして、ぼくは、ぼくの付けたペンネームを恨《うら》んでいる。

なぜなら小説とは、決して優しい命題ではないから。

確信を持って、嘘を書く。しかしその嘘は、百パーセントの純度の真実でなくてはならない。そんな嘘がつけるのか。

小説家の仕事は、難しい。


高一のときに書き上げて、出版社のウェブマガジンで公募《こうぼ》していた「青春小説大賞」に送った作品『ソング４Ｕ』が入選作三編のうちの一編として選ばれたとき、編集長からかかってきた電話で、ぐさりと釘《くぎ》を刺《さ》された。

「岸本くんはすでに小説家です。小説を書いている高校生ではない。常にそのことを忘れないように。言い換えると、これから先は、アマチュアの作品は受け付けない。プロの作品を書いてくれないと、出版はできない。そういうことです」

ぼくが第二作を書き上げて、それが編集部の眼鏡にかなえば、一冊の紙の本として出版することもできなくはない、という希望的観測を述べたあとに、彼女《かのじょ》はぼくにそう言《い》い渡《わた》したのだった。

希望的観測って、どういう意味だったっけ。

左手を使って下書き用のノートに鉛筆《えんぴつ》でこりこり、文字を書きながら、右手で国語辞典を引いて、言葉の意味を確かめる。

これがぼくのやり方だ。左手でも右手でも文字を書ける。これはぼくの特技である。

あくまでも最初はノートに自分の手で書く。パソコンは、清書の段階で使用する。なぜなら小説とは、打つものではなくて、書くものだからである。素人《しろうと》小説家であっても、矜《きょう》持《じ》だけは持っていたい。

矜持とは、自信とプライドである。

しかし、どんなに自信とプライドを持っていても、進まないのが小説なのである。

なんとか食い付こうとしても、食い付けない。

小学生だったとき、無理やりやらされた、パン食い競走。

目の前に吊《つ》り下《さ》げられた菓子《かし》パンに、懸命《けんめい》に食い付こうとしている小二の男子。

目の前で、ゆらゆら揺れているクリームパン。

ぱくっ、と大口をあけて、がぶり、と食らい付いたつもりだったが、空ぶり。

パンは男子をあざ笑うかのように、ぶらぶら揺れている。

今のぼくにとって、小説とはあの、憎《にく》たらしいクリームパンのようなもの。しょせん、糸で吊り下げられた炭水化物に過ぎないくせに、人を馬鹿にするなよ。ぼくは揚げドーナツが食いたい。クリームパンを、言葉の魔法《まほう》で揚げドーナツに変身させる。それが小説家の仕事なんだ。どうだ、すごいだろ。

てなことを考えている暇《ひま》があったら、書け。

優題、しっかりしろ！

——雄くん、がんばって。

どこからともなく、なつかしい人の声が聞こえてくる。

——雄くん、頂上で待ってるよ。


鶴《つる》さん、こと、岸本千鶴《ちづる》。ぼくの父の母。ぼくの祖母である。

しかしながら、ぼくはかつて一度も、この人のことを「おばあちゃん」と、呼んだこともなければ、年寄りだと思ったこともない。

美しい人だった。職業は翻訳家《ほんやくか》。

趣味は登山で、ぼくも何度か、いっしょに山登りをさせてもらった。

美しくて、賢《かしこ》くて、凛《りん》としていて、常に自分の思いを自分の言葉で語れる人だった。

とにかく、とびきりかっこいい女性だったのである。

「だった」と、過去形で書かなくてはならないってことがつらい。

つらくて、さびしい。

あんな素敵な人を、わずか六十五年で、あの世へ連れていってしまうなんて、神様はひどい。ひど過ぎる。だからぼくは無神論者なのである。

祖母は、ぼくが中学生だったころから、小説家になりたいという夢を、本気で応援してくれていた。長年、フリーランスで、イラストレーターをやっている父さんは「厳しい世界だよ。短期的には成功できても、それを一生、続けていくとなると、相当な覚悟《かくご》が必要だ」と述べた。会社で働いている母さんは「収入が安定している別の職業に就《つ》いて、そのかたわらで、こつこつ書いていけばいいんじゃないかな」と述べた。ふたりのアドバイスは、的を射ていると思った。

しかし、祖母だけは「できる、なれる」と言い切った。

「ただし、小説家としてやっていくためには、四つの車輪が必要よ。ひとつは才能、ひとつは努力、ひとつは時の運。だいじょうぶ、才能と努力があれば、運は自然に向いてくる。でも、最後のひとつがいちばん重要よ。それは何かと言うと……」

末期癌《まっきがん》にかかって、それでも病院で死ぬのはいやだからと言って、介護人《かいごにん》を雇《やと》って勇敢《ゆうかん》に自宅で闘病《とうびょう》していた祖母は、ぼくの手を握《にぎ》りしめて、こう言ったのだった。

「四つ目の車輪はね、ど根性《こんじょう》よ。何があっても負けない、やられたらやり返す、転んでもただでは起きない。転ぶときにも前向きに。藁《わら》をつかんだら、藁はちぎれる。でも、ちぎれた藁でもつかんで、浮かび上がる。そういう根性ね。ガッツとも言うのかな。闘志と言ったほうがいいかな。そういう根性が必要なの。ときには、他人と闘《たたか》うだけじゃなくて、自分とも闘わなくちゃならない。だいたいの人は途中《とちゅう》で挫折《ざせつ》する。自分で自分がいやになるの。翻訳家だって、同じよ。私は、しっぽを巻いて去っていった負け犬をたくさん知っている。雄くんは、負けちゃだめ」

あのとき、ぼくの心の奥の奥の奥で「ギイイッ」と音がして、開《あ》かずの間《ま》の扉が開《ひら》いたのだった。

ぼくが初めて完成させた短編小説『ソング４Ｕ』は、祖母に捧《ささ》げた作品だった。

その続編に当たる作品を、今夜も書いている。

ゆうべも書いていた。その前もその前も書いていた。

あしたも書くだろう。しあさっても書くだろう。

進展は、ほんの少しだが、ないことはない。いや、ある。

おとといの夜から、ぼくの仕事道具は、下書き用のノートから清書用のパソコンに移っている。清書しながら、推敲《すいこう》を加えていく。ゼロから書いていく創造の段階を種まきと水やりだとすると、推敲作業は、草刈《くさか》りと剪定《せんてい》だろうか。

しかし油断は禁物で、これがまた、非常に難しいのである。

自分で自分の書いた文章に未練がわいてきて、なかなか削《けず》れない。もしかしたら、きれいな花を咲《さ》かせるかもしれない、と思って、青いつぼみを取り除けなくなる、そんな心境に似ている。

はぁぁぁぁぁぁ、どこまで行っても、苦しさに変わりはない。

頭をぼりぼり搔《か》きながら、清書原稿を保存して、机の引き出しにしまってある、祖母の形見の本を取り出す。

長田弘《おさだひろし》という詩人が書いたエッセイ集。タイトルは『すべてきみに宛《あ》てた手紙』という。亡《な》くなる半年ほど前に、祖母からもらった文庫本である。
ぱっと開いたページに、書かれている文章を読む。

死によってもたらされるのは虚《むな》しさですが、いちばんいい記憶《きおく》を後に遺《のこ》してゆくものもまた、しばしば死です。
親しい思いをもっていた人の死を知ったとき、不意に、その人と共有した時間の感覚が一瞬ありありとよみがえってくることがあります。

祖母はこの部分を緑色のマーカーで囲んでいる。
まるで「雄くん、私はここにいるよ」と、呼びかけているかのように。

やったー書けたー書き上げたぞーやっほー。
締《し》め切《き》りの八月末まで、まだ一週間ほどが残っている真夏の真夜中。
ついに、やっと、とうとう、できあがった。

書き始めたのは、五月二十一日だった。下書きノートに日付を入れてある。パソコンでの推敲と清書に移ったのは、七月二十八日。だから、およそ三ヵ月か。

三ヵ月で、四百字詰《じづ》め原稿用紙に換算《かんさん》すると、約六十枚の作品。

ということは、一ヵ月で二十枚、書いたことになる。ということは、一日に書いた枚数はせいぜい一枚以下か。一時間をかけて、十六文字くらいしか書けていないい？　まあ、それはいい。そんなことはどうでもいい。とにかく書けたんだから。

ぼくは雄叫《おたけ》びを上げて、机の前で万歳《ばんざい》三唱をした。

その手でスマートフォンをつかんで、ある人に電話をかける。

この電話をかけるために、きょうまで、がんばってきた、という気がする。

ある人とは、ずばり、ぼくの片思いの人なのである。

同じ小学校へ通い、中学はばらばらで、おまけに、高校生になったとき、彼女は都内へ引《ひ》っ越《こ》してしまったから、やや遠距離《えんきょり》になってしまっているが、心の距離は近い。少なくとも、ぼくはそう思っている。いや、もしかしたら、彼女だって、近いと思ってくれているのかもしれない。

だって、彼女のお母さんの不倫の恋の話まで、打ち明けてくれたんだから。

あの初夏の夜、ぼくはこんな意見を述べた。

「日本人女性はさ、映画でも小説でも、三十代になったら母親の役しか回ってこないけど、あれって、どう考えても変だとぼくは思うんだ。女性は三十代になっても、四十代、五十代、六十代になっても、女性だと思う。だから、江森さんのお母さんという四十代の女性が誰かに恋をしても、恋されても、ちっとも変じゃない。たとえ結婚《けっこん》していても、誰かに恋する自由は、誰にでもある。自由に恋をしたあと、どう行動するか。それはまた別の話だと思うけど」

ぼくの意見であって、ぼくの意見ではなかったかもしれない。

正直に告白すれば、半分ほどは、アメリカに住んでいる親友の受け売りでもある。

しかし、彼女は喜んでくれた。そういう言葉が聞きたかった、雄大に話してよかった、頼《たよ》りになるって、何度も言ってくれた。そして「また電話するね」と。

その次の次の電話で、ぼくは、自分が書いている小説の話をして、最後にこんな約束をした。「じゃあ、次は、小説が書き上がったら電話する」「うん、待ってるからね。楽しみにしてるよ」「約束したよ」「うん、約束した」——。

この約束を心の支えにして、ぼくはきょうまで、いばらの道を進んできた。

約束。それは、恋する男の進む道を照らしてくれる、月明かりだったのである。


「あ、もしもし、江森さん？」

「ハーイ、ユーダイ、あたしでーす」

今は深夜の午前一時だが、江森さんの声は、真昼のように明るい。

「今、だいじょうぶかな」

「だいじょうぶに決まってるでしょ。電話、すごく楽しみにして待ってたんだから」

胸がどきん、とする。

「ほんと？」

「嘘！　ついさっきまで、友だちとおしゃべりしてて、終わったばかりなんだ。ところで雄大、ついに書けたの」

嘘って言われても、怯《ひる》んでいる場合ではない。のであるけれど。

「うん、まあね」

「わーい、やったねー、すごいすごい、これでとうとう、本が出るね！」

「いや、それはまだどうなるか、わからなくて。編集部で気に入ってもらえるかどうかは、これからの話だから。没《ぼっ》になる可能性だってあるんだから、ぬか喜びは厳禁だ。運がよければ……」

ちょっと、弱々しい口調になってしまう。さっきまではあんなにうれしかったのに、急に、目の前に現実という名の壁《かべ》が立ちはだかってくる。

「何言ってるの。書いた本人がそんなにネガティブだったら、作品がかわいそうじゃない！　しっかりしなさいよ。気弱になった時点で、すでに負けてることになるよ。運っていうのはね、自信で引き寄せるものだよ」

江森さんは強い。いつだって強気だ。さすがは江森さんだ。何度も原稿を直せる小説家と違って、いったんステージに上がったら、失敗を訂正《ていせい》することのできないピアニスト、ならではの発言と言えるだろう。

ぼくは、江森さんの「強さ」に惹《ひ》かれている。彼女の声を聞いたり、演奏を聴いたりしていると、弱いぼくの根性が叩《たた》き直《なお》されて、強くなれるような気がする。この人のそばにいると、強くなれる。こういう感覚を「恋する」と表現していいのだとすれば、ぼくは恋をしている。小学生のころから、ずっと。

「で、感触《かんしょく》はどうなの、感触は。ちゃんと、とびっきり素敵な、世界にひとつしかない、世界最強のラブストーリーになってるの」

小説家志望の主人公「オレ」が一世一代の恋をするお話なんだってことは、前の前の電話で伝えてある。

「ああ、それはまあ、最強と言えるかどうかは……」

江森さんの咳払《せきばら》いが聞こえる。

「言えるに決まってるでしょ。で、タイトルは、最終的にはなんて付けたの」

「それはあの……」

いけない。こんなことじゃ、よろしくないのである。

意を決して、ぼくは言った。一世一代の賭《か》けの言葉である。この言葉を江森さんに贈るために、きょうまで猛烈にがんばって、この作品を書き上げたんじゃないか。

「タイトルは……タイトルなんだけど、あの『ピアノ弾きに捧げるラブソング』っていうんだけど」

一瞬の沈黙《ちんもく》。江森さんが息を吸いこむような音がした。

息を止めて、次に返ってくる言葉を待った。

「嘘！　まさか、それって、あたしに捧げる小説ってこと？」

一秒の間《ま》もあけないで、ぼくは答えた。

「ほんと！　これって、迷惑《めいわく》かな」

返事は問いかけで返ってきた。

「そのラブソングって、ハッピーエンドなの」

「うん」

「でもそれじゃあ、雄大の小説って、フィクションじゃなくなるよね。ノンフィクションじゃん、それ。実話だよ」

「あ」

と、言ったきり、次の言葉が出てこない。

じ、実話？　小説家のオレがピアノ弾きの彼女に捧げたラブソングが実は、ハッピーエンドの実話ってことは――

今は真夜中なのに青い空に稲妻が光り、空がふたつに割れて、雷が落ちてきた。

恋とは、青天《せいてん》の霹靂《へきれき》なのである。

第2話

秋の竜巻《たつまき》と冬の薔薇《ばら》

さびしさはどこから

どこからやってくる
この気持ち
人がたくさんいて
みんななにかを話していて
窓からは
いろんな高さのビルが見えて
ただ　さびしいとおもう
誰にあてててでもいい
さびしいと
手紙に書いて送りたい
書き損じた文字も

きっとさびしいと言っている
ときには小学生に戻りたい
落葉を見つめて
さびしいなとつぶやきたい

なだめても
すかしても
どうにもならないこころがある
どこにあるのか
どこからくるのか
わからない
けれどどこまでもわたしについてくる
さびしいさびしい
そう言いつづけてついてくる
ひとつのこころがある

竹之内晴樹《たけのうちはるき》——ホームシック

夏が終わって、秋がやってきた。

当たり前や。夏が終わって冬が来たら、困るやろ。

何はともあれ「オータムやフォールや秋や感謝祭」——これ、俳句のつもり。

ここ、ニュージャージー州ジャージーシティの秋の紅葉は、自慢《じまん》するわけやないけど、きわめて美しい。山や森や町に広葉樹がたくさん生えているから。と言ってしまえばそれまでのことやけど、そのせいで、山や町が紅葉のパッチワークみたいになる。

今週の木曜日から五日間、ボクの通っているハイスクールは、感謝祭のホリデイで休みになる。短い秋休み、みたいなもんかな。

感謝祭当日の夕方は、家族や親戚《しんせき》や友だち同士で誰《だれ》かの家に集まって、サンクスギビングのディナーを食べる。ま、日本の正月みたいなもんかな。

他州の大学へ通っている学生たちは、飛行機に乗ったり、長距離《ちょうきょり》バスに乗ったり、車を運転したりして、実家へ戻《もど》ってくるのが一般的《いっぱんてき》。

うちは父子家庭なので、父子ふたりきりの感謝祭なんて、うらさびしいやろーって思ったのか、友だちのジェイクが「うちにおいでよ」と誘《さそ》ってくれ、ふたりでジェイクの家へお邪魔《じゃま》することになっている。持つべきものは友人や。

ジェイクとは、ハイスクールで知り合った。最初は友だちの友だちやった。けど今はボクの友だち。お父さんはアメリカ人で、お母さんは日本人。

なんと、奴《やつ》には、日本人のガールフレンドがいる。生意気や。


ボクは今年の九月から高三になった。

これは日本では高二に相当する。こっちの中学校は二年で終わって、高校は四年あるから。そんなこと、こっちへ来るまでは、知らんかった。

チチは当初、二年の予定で赴任《ふにん》した。その後、三年延長になった。

チチが再婚《さいこん》したパートナー、すなわち、日本に住んでいるチチ妻は、ときどき、チチに会いに来る。

この遠距離結婚は、わりあいうまく行っているようや。

「距離が愛を育ててくれるのよ」と、チチ妻。

「愛があれば距離なんて」と、チチ。

ボクも、チチ妻とはすこぶる仲良くしている。日本では継母《ままはは》、アメリカではステップマザーと呼ばれる人と。

ボクには継母のほかにあとふたり、母がいる。母三人、多いと言えば多い。

ハハ、これは育ての親。

生物学的母、これは育てのハハの妹。

つまり、ボクのハハは、ボクを産んですぐに亡《な》くなってしまった生みの母親のお姉さんというわけや。

なんや、おまえんとこ、複雑な家庭やなぁ、と、日本人の友だちは言うけど、アメリカではまったく、珍《めずら》しくもなんともない。

ここには、いろんな家族がいて、いろんな家庭がある。

男親がふたりの家庭もあれば、養母と養父の家庭もあるし、ガールフレンドとボーイフレンド、つまり、恋人《こいびと》同士のあいだに生まれ育った子だっている。

なんでもありや。シングルマザー、シングルファーザー、親のいない子、親が三人いる子、なんでもありや。

アメリカに来て、いろんな友だちができた。カラフルでハートフルな友だちや。メキシコ系、中国系、イタリア系、あと「系は特にない」言うてる奴もいる。あいつは無系やな。女の友だちもいる。韓国系《かんこくけい》、カリブ系、イタリアとアフリカの混合系など。みんな、ランニング仲間。年齢《ねんれい》もばらばら。

なんでもあり、多人種、多民族、多宗教のごった混ぜ合衆国は、ボクの肌《はだ》に合っている。馬が合うというのか、水が合うというのか、ようわからんけど、いい加減で、ちゃらんぽらんなボクには、非常に住みやすい。

アメリカでは、個性と自己主張が何よりも重要や。ちょっとでも人と違《ちが》うところがないと、勝負にならへん。いつだって右向け右で、起立！　礼！　させられて、人と同じやないと「あいつは変わっている」と言われる日本は、今にして思えば、住みづらかった。

ボクはみんなが右を向いてたら、つい左が見たくなるタイプやし、起立や礼をせんでも、相手を尊敬する気持ちがあれば、それでええんやないかと思うてる。

生意気やろか。十年早いやろか。

日本では変わり者やったボクは、こっちでは、言ってしまえば、普通《ふつう》過ぎる人間や。

アメリカは普通に住みやすいし、普通に生きやすい。せやし、大学もアメリカ、できれば仕事もこっちでしたい。アメリカの市民権を取って、永住したい。いつか、ハハをアメリカに呼びたい。日本には、未練はない。

けど、ときどき、会いたくなる。

あの三人に、無性《むしょう》に会いたくなる。

窓の外に目を向ける。

色づいた木の葉が一枚、また一枚、また四枚、風にさらわれて、はらはらと枝から舞《ま》い落《お》ちていく姿を見ていると、胸がきゅーんとして、奴らに会いたくなる。

メランコリックな気分って、こんなんかなぁ。

岸本雄大と、江森愛理と、伊藤《いとう》みなみ。小学生時代からの古い友だち。

会いたくなる、というよりも、帰りたくなるって感じかな。

あの三人はボクにとって「ふるさと」みたいな存在なんや。

これって、ホームシックの一種なんやろか。

「ようこそ、いらっしゃい、よく来てくれたね」と、ジェイク父。

「自分のおうちだと思って、リラックスして」と、ジェイク母。

「まいど、どうもー秋でもハルー」と、ジェイク。

あかん、ボク、変な日本語、教えてしもたかな。

うちから電車に乗ってハドソン川を渡《わた》って、三十五分ほど。

ジェイクの家は、マンハッタンのチェルシー地区にある。

アーティストが多く暮らしているボヘミアンなエリアや。めちゃくちゃクールでかっこいい、ゲイのカップルがやたらに目に付く。

「ハルくん、いつもうちのジェイクがお世話になっています」

ボクは、日本でもアメリカでも「ハル」と呼ばれている。夏でも秋でも冬でもハルや。

「え？　ぼく、ハルのお世話になんか、なってない！」と、ジェイク。

「社交辞令だよ、それは」と、ボク。

「何それ。シャコージレーって」

「ガレージにちゃんと車を入れとけ、ってことや」

リビングルームでひとしきり、しょうもない会話を交《か》わしたあと、みんなで感謝祭のテーブルを囲んだ。

目の前にはどっかーんと、花火みたいなごちそうが並んでいる。

ただし、七面鳥の丸焼きだけは、のっていない。

「我《わ》が家《や》はサンクスリビング。生き物の生命をリスペクトして、その存在に感謝して、食べない主義だから」と、ジェイク母。

最高の主義やと思う。

ボクと父も、ニューヨーカーの影響《えいきょう》を受けて、ベジタリアンになっている。ランニング仲間の影響でもある。菜食中心にしてから、体が軽くなって、すいすい走れるようになった。体もスリム、心もスリム。一挙両得や。

「……ダッド、それだったらさー恋を成功させる秘訣《ひけつ》なんて、あるのかな。あったら教えてよ」

「恋を成功させる秘訣は、四つある」と、ジェイク父。

「へー、なんなのそれ、知りたい」と、ジェイク母。

「僕《ぼく》も知りたいです」と、チチ。

へえ、結婚してても、そんなもん、知りたいもんなんか。

ベジタリアンな感謝祭のテーブルは、さっきから、パッションあふれる話題で盛り上がっている。ボクがお手洗いに行って、戻ってきたら、そうなっていた。

いったいどこから、どうやって、そんなもんが出てきたんやろ。遠距離で恋する男、ジェイクが出したんやろな、きっと。

ジェイク父は述べた。

「一、男は優《やさ》しくあれ、二、女は強くあれ、三、その人といっしょにいると、自分が美しい人間だと思えるかどうか、そして四つ目は」

「四つ目は」と、思わずテーブルから身を乗り出すボク。

「ふたりで、ひとつのものを見つめることだ、それが大事だ」

「それって、何」と、ジェイク。

「それは、各々《おのおの》のカップルによって異なるから、おまえたちは、おまえたちで考えろ。いいか、相手を見つめるんじゃなくて、ふたりで同じひとつのものを見るんだよ。それが恋を成功させる秘訣だ」

わかったような、わからへんような。

ボクは脳内で、四つの秘訣を反芻《はんすう》している。

男は優しく、女は強く、いっしょにいると美しい人間になれて、ふたりでひとつのものを見つめる。

四回ほど、念仏を唱えるようにくり返した。

その直後に、頭のてっぺんで、閃光《せんこう》のようなものがきらめいた。キラリ。

やっぱり、ボクには、あの子しかおらへん。

強くて勇敢《ゆうかん》なあの子。いっしょにいると、優しくて美しい人間になれるボク。

ボクらがいっしょに見つめていたものは、なんやったんやろ。

川べりの道をふたりで走りながら交わした、幼い会話がよみがえってくる。


――晴樹はさ、外交官になったら、どこの国へ行きたいの。

――あのな、外交官なんてな、あれは、うちのハハが勝手にそう言うてるだけで、だいたい外交官なんて、ボクの柄《がら》やないやろ。

――そうでもないと思うけど、だったら、ほんまに、なりたいものは。

――冒険家《ぼうけんか》！　冒険家になって、世界中を旅する男になってやる。

――わあ、すごいな。夢がでっかくていいね。その夢、応援《おうえん》する。晴樹が冒険家になるんだったら、わたしも世界のトップランナーになってやる！

ボクらがふたりで見つめていたものは「未来」だった。
ボクとみなみには、四つの秘訣がすべて、揃《そろ》っている。
ならば、この恋は成功するはずや。自信を持て、自信を。
好きな気持ちには自信があったけど、遠距離になってしもたせいで、自信を失ってい
た。ボクがみなみを思っているほどに、みなみがボクを思ってくれているのかどうか、今
ひとつ確信が持てなくて。
何度か、連絡《れんらく》を取りかけたけど、そのたびに「ああ、あかん」と思って、やめてしまっ
た。意気地《いくじ》なしで、情けない男や。
けど、それでも、ひとりで勝手に、あたため続けてきた。
四年もあたためてきたんや。そのことには自信がある。あたため過ぎて、卵から、にわ
とりになってしもうたかもしれんけど。いや、七面鳥か。
いつのまにか、テーブルの上には、デザートがずらりと並んでいる。チチとボクが早起
きをして制作した特大のパンプキンパイを、ジェイクが五つに切り分けている。

ボクの胸は、五つに張《は》り裂《さ》けている。

元気か、みなみ。

連絡もせんと、ごめんな。

またいっしょに走りたい。

会いたい。

好きや。


ハドソン川の上空に粉砂糖みたいな雪が舞い、冬が足早に近づいてきた十二月の最初の日曜日。

こっちは朝の八時で、日本は夜の十時。

ボクは朝型で、雄大は夜型やから、ちょうどいい時間帯に、ボクたちはスカイプでトークショーをしている。

男ふたりのしょうもない会話を「トークショー」と名づけたのは雄大や。

メールもLINEも苦手なボクは、筆不精《ふでぶしょう》で、メール不精で、メッセージ不精なので、雄大は一ヵ月に一度くらいの頻度《ひんど》で、こうしてトークショーに誘ってくれる。

これがボクと日本の三人をつなぐ、唯一《ゆいいつ》の回線となって、久しい。

雄大との会話は、文句なく、非の打ち所もなく、楽しい。

普段は、友だちとは英語でしゃべっているから、今ひとつ、自分の気持ちが表現し切れていないのかも、と思えることがある。

けど、雄大とは、それがない。まったくない。

言葉と言葉が嚙《か》み合《あ》って、もつれ合いながらも、話がどんどん盛り上がっていく。

ああ、これや、これ。このピンポン的な打ち合いというか、言葉の応酬《おうしゅう》がたまらん。

「でさ、ついに書けたんだよ、二作目の改訂《かいてい》バージョンが」

雄大は小説を書いている。すでにセミプロや。セミでもバッタでも、プロの世界は厳しい。二作目の最初の原稿《げんこう》は、まんまと没《ぼつ》にされたらしい。

それでもめげずに敗者復活戦でがんばって、リベンジした雄大は、偉《えら》い。

タイトルは『ピアノ弾《ひ》きに捧《ささ》げるラブソング』から『四つ葉のラブストーリー』に変えて、結局は『4＋αのバラード』に落ち着いたという。

この変化には、どんな意味があるんやろ。

「おめでとうさん。で、アタックしたんか、愛《いと》しの愛理さまに。いよいよ正式に」

二作目を書き上げたあと、告白の予告編みたいなことはしたけど、本編のアタックはまだなんやという話は、前のトークショーで聞かされていた。

「したさ、男がこうと決めたことは、実行あるのみだ」

「それって、ボクが授《さず》けた知恵《ちえ》やろ」

「だから実行したんだよ」

「成功したんか」

「した」

「うそーまさかーそんなんありかー」

「ありかーって、お前、ぼくらのこと、本気で応援してくれてるのか」

「してるやん。これ以上はできへんほど、してるで」

最初の二十分は、雄大が愛理への告白とアタックを見事、大成功させて、ラブラブになった話で盛り上がり、そのあとは、いつもの下らないトークで盛り下がった。

そろそろ、ショーも終わりに近づいてきたかな、と思えるころ、雄大は本日の本題を切り出した。

「でさ、おまえ、正月には戻ってくるだろ、こっちへ」

「うん、一応はその予定やけど」

去年も、おととしも、とんぼ返りではあったけど、帰国した。

アメリカでは、一月二日から会社も学校も始まるので、長い休みは取れへんものの、それでも五日間ほどは、日本で過ごすことになっている。

「そんときさ、ブックカフェ木の葉《こ は》で、久々に全員集合しようってことになってる」

ブックカフェ木の葉。なつかしい名前が出た。

雄大の家の近くにあるカフェで、本棚《ほんだな》と店内には、ボクたち四人のいろんな思い出がぎっしり詰《つ》まっている。

「わあ、ほんまか。みんな、集まれるんか」

みんな、と言いながらも、心のなかでは、たったひとりを思《おも》い浮《う》かべている。

「そうだよ、みんな、ハルの都合に合わせて集まるんだよ。忘年会《ぼうねんかい》か新年会。どっちかにするけど、どっちがいい」

「忘年会がええ。年が明けたらすぐに、こっちへ戻ってこんならんし」

「了解《りょうかい》!」

夏休みにはだいたい二週間ほど帰国していて、だいたい一回か二回は、四人か三人で会っている。都合がつかない人もいるからや。それがボクであったりすることもあるし、みなみであったりしたこともある。

「四人で集合やな」

何気なくそう言ったボクの言葉にかぶせるようにして、雄大は言った。

「いや、五人になるかもしれない」

「へっ、なんでや」

雄大は至って冷静に、つるっと何かを呑《の》みこむような、いや、この場合には、吐《は》き出《だ》すような口調で、こう続けた。

「みなみちゃんが彼氏《かれし》を連れてくるからだ」

今さっき昇《のぼ》ったばかりだったはずの朝日が突然《とつぜん》、すとーんと沈《しず》んで、世界が真っ黒けになった。秋の朝日は釣瓶落《つるべお》とし。あれ？　夕日やったかな。

そんな柔《やわ》なもんとは違う。これは竜巻や。

ボクの初恋、吹《ふ》っ飛《と》ばされてしもた。

伊藤みなみ――インディアンサマー

「さあ、みんな、きょうは走りっこだよー」

声をかけると、子どもたちの元気な声が返ってくる。

「やった！」「走るー」「ようい、ドン」「どんどんどん」「あ、待ってー」――十二人分の声がひとつになって、狭《せま》い園庭を満たしている。

「走りっこ、走りっこ」と、わたし。

「それを言うなら、かけっこでしょう」と、彼。

ここは、母の知り合いが営んでいる私立の保育園。

高二の春から、わたしはアルバイトをさせてもらっている。

アルバイトと言っても、大した仕事をしているわけではない。週に二回、放課後、園に立ち寄って、せいぜい一、二時間ほど、親のお迎《むか》えが遅《おそ》くなる子どもたちといっしょに、遊んでいるだけ。晴れの日には園庭で遊び、雨の日は部屋のなかで、本を読んであげたり、紙芝居《かみしばい》をしてあげたり。

高校生になったら、アルバイトをする。これは、中学生だったころ、母と話し合って決めていたこと。高校へ進学する前に、将来について、ふたりで話し合ったとき。

わたしは勉強がそれほど好きでも得意でもなくて、体育以外の成績は、下から数えたほうが早いほどなので、大学へは行けないかもしれない。だから、高校を出たら、社会に出て働こうかと思っている。

母にそう話すと、こう言われた。

「スポーツ系の大学なら、行けるかもしれないでしょ。体育の先生になるのも楽しそうよ。みなみちゃんには実績があるんだから。だから、あきらめないで、がんばろうよ。ママもがんばるから」

うちは、シングルマザーの家庭で、母はわたしを大学へ行かせたい一心で、残業や休日出勤や地方への出張も率先《そっせん》して、引き受けている。

そんな母を見ていると、わたしも少しでもいいから働いて、貯金をしたいと思った。

今、通っている女子高校も私立なので、学費は公立よりも高い。わたしの成績で入れる高校は、ここだけしかなかった。

「学費のことなんて、気にしちゃだめ。こう見えても、ママは会社ではこれから、もっともっと、昇進《しょうしん》する予定なの。だから、金銭的なことはママに任せておきなさい。みなみちゃんには、いろんな可能性がある。夢をあきらめちゃ、だめよ」

母は強い女性だと思う。強くて、優しい。

わたしの理想の女性だと思っている。尊敬している。

クラスメイトに話すと「みなみって、幸せ者だよー」って言われた。

「あたし、自分の母親のこと、尊敬なんてしてない、これっぽっちも」

「私もしてない。好きでもないし、嫌《きら》いでもない」

「嫌いだよ、あんな人」

みんな、びっくりするようなことを言う。

「母ひとり、娘《むすめ》ひとりだから」

わたしがそう言うと、

「そういう問題じゃない。人と人の関係性の問題」

なんて、言ってた子もいたっけ。

たぶん、わたしと母の関係は、一対一の人間関係として「素晴《すば》らしい」と、彼女《かのじょ》は思ってくれたのだろう。

そんなものなのかなぁ、と、あのときも、今も思いながら、わたしは、目の前で走り回っている子どもたちを、注意深く見守っている。

転んだりぶつかったりして、けがをさせたり、けんかをさせたりしてはいけない。見守るのがわたしの重要な仕事。

「伊藤さん、きょう、よかったら、どこかでちょっとお茶でもしてから帰りませんか。時間、だいじょうぶだったら」

最後まで残っていた子の親が迎えに来て、急に静かになった園庭で、彼から誘われた。

去年からここで働き始めた先輩《せんぱい》保育士。年はわたしより三つ上。保育士になることは、高校時代からの夢だったという。理由は「子どもが好きだから」で、そのあとに「ただ、好きだから」と、付け加えられた。

さらに、もうひとこと。

――男なのに、変かな。

それに対して、わたしはこう答えた。

――ちっとも変じゃないです。わたしも大好きです、女だけど、ちゃんばらごっことか。怪獣《かいじゅう》も大好きだし。

口数の少ない彼とわたしは、あのとき、笑顔《えがお》と笑顔で会話をしていた。

彼は、わたしがかつて、走るのが好きで得意で、名の知れたスポーツ大会で何度も優勝したことのある「天才ランナー」だったことを知らない。

高校生になってから、わたしは選手として走るのをやめた。趣味《しゅみ》で、ジョギングはしている。走るのは自分のため、自分の楽しみのためだけでいいと思うようになった。人と競争して勝つこと、一位になること、それを目指して走ることに、疲《つか》れてしまったんだと思う。もうこれ以上、勝たなくてもいい。そう思ったとき、急に空が広くなり、胸の窓があいて、呼吸がしやすくなった。

これって、挫折《ざせつ》なのかな、と思うこともある。

プロのピアニストになるために、爪《つめ》が割れるまで練習をしている愛理。プロの小説家を目指して「もぐら叩《たた》きで叩かれるもぐらみたい」になって、がんばっている雄大。ふたりに比べると、わたしなんて、単なる弱虫に過ぎない。

ふたりのことを尊敬はするけれど、わたしには、もうできない。選手でいる限り、幸せにはなれない、そんな気がする。走るのは好きだけど、人と競争することによって、わたしは不幸になる、そんな気がしてならない。

こんな話は、彼にはしていない。

彼は、とても優しい。

優しい人に甘《あま》えることは、わたしにはできない。でも、いっしょにお茶をするのは楽しい。クラスメイトたちと過ごす、にぎやかな時間とは違う、穏《おだ》やかで、静かで、何か大きなものに包まれているような、安心な時間が心地《ここち》いい。

ふり返って、優しい目をした人に、わたしは答えを返す。

「行きます。お店、どこがいいかな」

彼はまるで、全身で微笑《ほほえ》んでいるような雰囲気《ふんいき》になっている。


三十分後、わたしたちは駅の近くのコーヒーショップで向かい合って、ふたりとも温かいソイラテを注文し、飲みながら、他愛《たわい》もないおしゃべりを始める。

わたしは高校生活のあれこれを、彼は保育園でのあれこれを、問わず語りでとりとめもなく話す。

ふたりとも、おしゃべりなタイプではないから、会話は途切《とぎ》れがちで、ときどき、ふたりともふっと黙《だま》ってしまう。

目と目を合わせて、ふっと微笑んだりもする。

こういう間柄って、どうなんだろう。彼は先輩だし、いい友だちだとわたしは思っているけれど、もしかしたら、付き合っていることになるのかなぁ。

「注意しなきゃだめだよ」

って、前に電話で話したとき、愛理から厳しく注意された。

「え？　何に」

問い返すと、

「決まってるじゃない。ちゃんと、本当にいい人なのかどうか、見極《みきわ》めがついてから、付き合わなきゃいけないでしょ。それよりももっと大事なことは、自分が本当にその人を好きなのかどうかってこと」

お姉さんっぽい答えが返ってきた。

愛理は、雄大から告白されたんだと言って、久しぶりに電話をかけてきてくれた。

電話で話した夜のことを思い出しながら、わたしは、彼の、伏《ふ》せられたまぶたのあたりを見つめている。

もしかしたら、わたし、この人のことを――

その続きは、つぶやかないでおく。考えないでおく。どこかにしまっておく。

わたしは、誰かを、好きになったりはしないのだから。

世界中でただひとり、あの人を除いて。


彼と別れて、家へ戻る道すがら、わたしは「あの人」のことばかり考えている。

アメリカへ行ったきり、まともに連絡もくれない人。晴樹。

もともと、そんなにこまめに連絡をくれるような人ではなかったし、わたしもメールやLINEは苦手。連絡を待っているだけ、なんて、情けないなと思うこともあるけれど、自分から連絡する勇気はない。

きっと、意識し過ぎているんだなって思う。

友だち以上、恋人未満。

たぶん、お互《たが》いに、相手のことがすごく気になっているからこそ、乗《の》り越《こ》えられない壁《かべ》みたいなものがあるんだと思う。

友だち以上になりたくてたまらない、遠距離の想い人《おもびと》。

何度か、意を決して、連絡をしようとしたこともある。でもそのたびに「できない」と思ってしまった。きっと、自分に自信がなかったからだと思う。

わたしが晴樹を思っているほど、晴樹がわたしを思ってくれていなかったらどうしよう、と思うと、こわくて。

晴樹が日本に帰ってきたとき、成り行きで会えることもあるけれど、いつも誰かがそばにいる。愛理と雄大。もしくは、どちらかひとり。

誰かと楽しそうにしゃべっている晴樹を、わたしはいつも目を細めて見ている。

晴樹は、まぶしい。アメリカへ行ってから、ますます素敵になり、ますますわたしから遠ざかっていく。

ふたりきりで会えば、きっとうまく行くはずなのに、その「ふたりで会おうよ」が言えないまま、長い時間が過ぎてしまった。

そのことを、さびしい、と思うこともあるけれど「ふたりで会いたい」とか「さびしいよ」なんてこと、わたしにはとても、口に出しては言えない。そんな資格もないし、勇気も自信もない。でもすごく、さびしい。

さびしい、さびしい、さびしい、と、口に出して、つぶやいてみる。

さびしいって、恋しいってことなのかな。好き、ときどきさびしい。

恋することって、さびしくなるってことなのかな。好き、すっごくさびしい。

だったら、恋なんてしないで、友だちのままでいるのがいいのかな。


あ、冷たい。

頬《ほお》に氷の粒《つぶ》みたいなものが当たった。

見上げると、グレイの空から、粉雪が舞い落ちている。

わたしはマフラーをぐるぐる巻き直して、急ぎ足になる。

急いで帰っても、何かいいことが待っているわけでもないのに。

窓に明かりの灯《とも》っていない、母と暮らすアパートの玄関《げんかん》が見えてきたとき、いつだったか、一年前くらいだったかな、高校のクラスメイトたちと話した「幸せの四つ葉のクローバー」が心に浮かんできた。

幸せってなんだろう。

幸せに生きるためには、四つの要素が必要だね、というような話になって、それぞれ四枚ずつ、その要素である葉っぱを言い合った。

「お金、健康、パートナー、仕事」って言った子もいたし「家族、ペット、趣味、大きな家」って言った子もいた。「愛、友情、信念、目標」って言ったのは、誰だったかな。わたしだったかもしれない。

今のわたしは、どう言うだろう。

好きな人がいること。

好きなことがあること。

好きな人との思い出があること。

好きなことをエンジョイすること。

これが幸せの四つ葉のクローバーじゃないかなと思う。

好きな人がいること。好きな人と過ごした時間を思い出すと、わたしはほんのりと幸せになれる。思い出はいつも、わたしをあたためてくれる。真冬でも春みたいな、ぽかぽかした気持ちにさせてくれる。

言い換《いか》えると、わたしの幸せは過去にしかない、ってことにもなるのかな。

幸せ、ときどきさびしい。それが恋？

会いたいな、みんなに。
ううん、ただひとりの人に。
以心伝心とは、このことだろうか。その夜、雄大からメールが届いた。

親愛なるみなみ殿《どの》
十二月二十七日、午後三時。ブックカフェ木の葉で大集合。
久々の忘年会を決行します。ハルも帰国して駆《か》け付ける。
よかったら、みなみちゃんの彼氏も連れてきていいよ。

最後の一行は、要《い》らないと思った。
きっと、おしゃべりな愛理がよけいなことを言ったのだろう。
ハルも帰国して駆け付ける。
鈴《すず》を鳴らすようにして、その一行だけを何度も読んだ。

「あったかいねーきょうは」

「十二月だなんて、思えないよね。歩いてくるとき、汗《あせ》までかいちゃった」

「こういう日のことはね、インディアンサマーって言うんだよ」

愛理と雄大が話している。

「インディアンサマーって」と、わたしは尋《たず》ねてみる。

雄大が教えてくれる。

「小春日和《こはるびより》とおんなじで、冬なのに春みたいに暖かい日のこと。英語では晩秋にそういう日があって、それをインディアンサマーって言うらしい。夏が忘れ物を取りに来たっていうか、夏が秋に対して思いがけない贈《おく》り物《もの》をくれるっていうか。これって、ハルが教えてくれたことなんだけどさ」

胸の奥《おく》がきゅん、と縮まる。

晴樹と雄大がときどき連絡を取り合っていることは、知っている。日本とアメリカの時差を合わせながら、スカイプで話しているらしい。愛理がそう言っていた。「みなみちゃんによろしくって」と、雄大経由で、晴樹からの伝言を受け取ったこともある。「よろしく」――でも、それだけ。

晴樹はわたしのことを、忘れないでいてくれている。だけど、それだけ。

それだけで、終わらせたくない。

終わらせたくない。たとえ、離《はな》れ離《ばな》れで暮らしていても。

思いは強い。でも、強いだけで、行動がそれに伴《ともな》っていない。晴樹に渡そうと思って、ゆうべ書いた手紙。書いたのに、持ってこなかった。意気地なし。

何度も洋服を着替《きが》えて、ひとりファッションショーをしたあと、結局、いつものブルージーンズに、ちょっとだけおしゃれなデザインのセーターを合わせて、ちょっとだけヒールの高いブーツを履《は》いて、わたしなりにせいいっぱいのおしゃれをしてきた。

ダウンコートは、去年のクリスマスに、母が買ってくれたもの。

「それ、めっちゃかわいいー。みなみちゃんには案外、ピンクが似合うね」

出会《であ》い頭《がしら》に、愛理に褒《ほ》められた。


約束の午後三時から一時間が過ぎようとしている。

「そのうち来るよ。表口からじゃなくて、厨房《ちゅうぼう》から出てきたりするかも」

なんて言いながら、雄大はさっきからさかんに、スマートフォンを操作している。

晴樹のスマホは、日本では使えない機種なのか、そういう契約《けいやく》がなされていないのか、なんらかの理由があって、応答がないみたい。

四時半を過ぎても現れない晴樹に、ふたりはうんざりした表情を隠《かく》し切《き》れない。

「あーもー信じられないよ、あいつったら、相変わらず、なんていい加減なの！」

「そういえば、江森さん、五時からだったよね、ピアノのリハ……」

「そうなの、困っちゃうよ、最低だよ、すっぽかしなんて、許せないよ」

ふたりはぶーぶー言っている。

けれど、そんなに残念そうでもない。きっと、このふたりはこのあと、ふたりきりでどこかへ行くのだろう。行きたいのだろう。

気を利《き》かせて、わたしは言った。

「あ、もうこんな時間。愛理と雄大、ほかに用事があるんなら、そっちへ顔を出したらいいよ。わたしはここで、あと一時間ほど、待ってみる」

「ほんと！　ほんとにいいの」

うなずくと、愛理が瞳《ひとみ》を輝《かがや》かせた。

雄大もすでに腰《こし》を浮かせている。

ふたりはコートを羽織って、お揃いのマフラーを巻いて、寄《よ》り添《そ》って、そそくさと去っていった。

これでいい、と思った。

幸せそうなふたりのうしろ姿を見送りながら、四人のうち、ふたりがあんなに幸せでいてくれたら、わたしだって幸せ。これでいい。よかった。

晴樹が来ても来なくても、思い出は消えない。思い出はここに、わたしといっしょに、いてくれる。

追加でココアを注文して、そばにあった本棚から一冊の本を取り出して、ぱっとページをあけてみる。長田弘という人の詩集。タイトルは『誰も気づかなかった』――。

文字が大きくて、空白が多くて、文字が少なくて、とても読みやすい。

ちょっぴり苦く作られているココアを飲みながら、ページをめくる。

幸福かと訊《き》かれたら、
誰だって、戸惑《とまど》い、ためらう。

幸福は答えではないからである。

幸福は状態でないからである。

感情でなく価値でないからである。

幸福は定義だからである。


幸福の定義って、なんだろう。

そっとまぶたを閉じて、思い浮かべてみると、ぱっと浮かんでくる。

赤いバトン。小四のとき、四人で走ったリレー走。

わたしたちのチームのバトンの色は、赤だった。第一走者は愛理で、第二走者は雄大で、第三走者は晴樹で、わたしはアンカーだった。晴樹から赤いバトンを受け取って、一位でゴールのテープを切った。

輝かしい思い出。幸福って、思い出なんじゃないかな。

晴樹と作った思い出の数は、少ない。少ないからこそ、ひとつひとつが輝きを放っている。輝きを放つ過去。きっと、それが幸福。

それから、生まれて初めてアメリカにかけた電話を、わたしは思い出す。

たった一度の電話。

難しい試験を前にして緊張《きんちょう》している晴樹を励《はげ》まそうと思って、夜中の三時に起きて、かけた。日本の午前三時は、アメリカの東海岸の午後一時。

幸福な電話の最後に交わした、幸せな会話。


——手紙とかメールとかに、追伸《ついしん》ってあるやろ。

——うん、あるね、あるけど……。

——電話にもあるんかな、追伸。

——さあ、あんまり聞いたことないけど……。

——追伸ってな、ちょこっと忘れてたこと、あとひとことだけ付け加えますって感じの言葉やろ。そうやって、フェイントかましといて、ほんまはそれがいちばん、言いたかったことやったりするんや。

——そうなのかな。

——そうなんや、それが追伸いうもんや。

午前三時の電話で、晴樹がわたしに贈ってくれた追伸の言葉は、こうだった。

――あんな、ボクな、アメリカでもずっと

そこまで思い出したとき、お店のドアがあいて、冬の匂《にお》いのする空気がさぁっと流れこんできた。

バットマンのマントみたいなコート、中折れのフェルトの帽子《ぼうし》、黒と白の縞模様《しまもよう》のマフラー、長い足、ダメージジーンズ。

あれが晴樹？

晴樹じゃないみたいに、かっこいい。

赤い薔薇を手にしている。わたしの好きな人。

「なんや、ひとりか。みなみ、ひとりで来たんか」

赤い薔薇を一本だけ。すごく様《さま》になっている。大好きな人。

まるで晴樹によく似た俳優が晴樹を、演じているみたい。

わたしは何も言えない。気持ちはあふれている。

ひとりだよ、ひとりに決まってる。ひとりでずっと、想ってたんだから。

「あれ、ボク、時間まちがえたかな。遅《おく》れてごめん、はいこれ」

差し出されたのは、赤い薔薇。

これはバトンだと思った。

あの日、晴樹から渡された、赤いバトン。

——あんな、ボクな、アメリカでもずっと、みなみに渡すバトン、離さんと握《にぎ》ってるしな。いつか絶対、渡すし、待っててな。

そうだった、きょうは、インディアンサマー。

冬なのに、ハルからの贈り物が届いた。

第3話

猫《ねこ》の天気予報

あこがれ

あれはなんという木だったろう
お昼休みにはいつも
ほおづえついてながめていた
新校舎と旧校舎をつなぐ
渡り廊下から見えた
背の高い木

夏になるとみじかいあいだ
小さな香りある花を無数につけ
わずかな風のいたずらに
花はいっせいに舞い落ちていった

それはまるで白い雨のよう
それは十七だったわたしのあこがれ
桜のようなはなやかさもなく
誰に愛でられることもなく
けれどためらうことはなく

あれはなんという木だったろう

紺の制服の
スカートの折り目もまっすぐに
わたしの胸には
白いリボンがきりりと結ばれていた
かばんの中には
本とノートと
無口な夢がぎっしりつまっていた

ラベンダーのひとりごと

「世緒莉《せおり》ちゃん、覚えておくといい。お花にはね、日なたが好きなお花と、日陰《ひかげ》が好きなお花とがあるんだよ」

幼かったわたしに教えてくれたのは、大好きだった祖母だった。

今だって大好きだけど、今はもうこの世にいない人。

植物をこよなく愛していた祖母は、当時、母とわたしと三人で暮らしていた借家のまわりに、四季折々の花の咲《さ》く花壇《かだん》をこしらえて、わたしたちの目を楽しませてくれ、心をなごませてくれた。

若々しくて、おしゃれで、まるで母のお姉さんみたいな人だった。名前は、風里《ふうり》さん。

「雨が好きなお花もあれば、雨が苦手なお花もある。雨が苦手なお花は、乾《かわ》きには強いってこと。だけど、たいていのお花は、水のやり過ぎには弱い。だから、お水をたくさんあげ過ぎたら、いけないいんだよ。甘《あま》やかすと、花は枯《か》れてしまう」

風里さんは、父のお母さん。

父は、私が二つになるか、ならないかくらいのときに亡《な》くなってしまったので、祖母がいわば父の代わりになって、仕事で忙《いそが》しい母を助けながら、わたしを育ててくれた。

とはいえ、祖母も毎日、仕事をしていた。書道家だった祖母は、家に生徒たちを集めて、書を教えていたのだった。

父のことは、ほとんど何も覚えていない。

母の話によればわたしに「世緒莉」という名前を付けてくれたのは、父だったという。

「語源はセオリーなの。あなたは、理論の人なのよ」なんて、母は言っていたっけ。

理論の人、というと、頭がよくて、理数系に強くて、いかにも筋道のびしっと通った、高潔な人、という印象があるけれど、わたしは全然そんな人間じゃない。

仲良しのふたり、夢美《ゆめみ》と菜々花《ななか》からも、よく言われる。

「セオはまっすぐで、きっぱりしてて、意志がしっかりしてる」って。

でも本当は、全然、違《ちが》う。

本当のわたしは感情の人。

いつもゆらゆら揺《ゆ》れているし、ふらふら揺れ動いているし、ひとりでめそめそ泣くし、泣きながら詩を書いたりしている、うじうじした、とっても暗い人間。

わたしは日陰が好きで、雨が好きな花なんだと思う。

そんなわたしがガーデニング好きになったのは、もちろん祖母の影響《えいきょう》。

「お水をたくさんあげたら、どうして、いけないの」

じょうろを手にして問いかけたわたしは、小学校一年生か、二年生だった。

祖母は答えた。

「根が腐《くさ》って、死んでしまうからだよ。植物というのはね、地面の上に見えている姿と、土の下にあって、目には見えない姿とがある。見えないほうの姿、つまり根がその植物の本当の姿なんだよ」

根がその植物の本当の姿。

小学生だったわたしに、このときの祖母の言葉が理解できていた、とは思えない。

けれども、この言葉はそれからずっと、今も、わたしの胸のなかで生き続けている。

まるで、わたしという植物の、地面の下に伸《の》びる根のように。

なつかしい祖母のことを思い出しながら、今朝もベランダにある空想庭園で、自分で植えたお花たちに囲まれて、ひとりで朝ごはんを食べている。

母と住んでいるマンションの七階のベランダに、鉢植《はちう》えやプランターを並べ、手すりにはフラワーバスケットを吊《つ》るしてあるこの庭は、文字通り「空中庭園」だと言える。

わたしはここで空想にふけるのが好きだから「空想庭園」と名づけた。

七月の初めの土曜日の朝。

高校はお休みなので、ゆうべは遅《おそ》くまで読書に熱中し、今朝は思いっきり、朝寝坊《あさねぼう》をした。

ぐっすり眠《ねむ》ったせいか、体じゅうのすみずみまで、元気の素《もと》が行《い》き渡《わた》っている。まるで、お日様の好きなお花が太陽の光を浴びて、喜んでいるかのように。

粉砂糖まみれのアーモンドクロワッサンを、お行儀《ぎょうぎ》悪く手でつかんで、かじりながら、紅茶を飲む。

温めたソイミルクをたっぷり加えて。

ベリー類とメロンの交ざったフルーツサラダは母が作って、冷蔵庫に入れておいてくれたもの。

これにはヨーグルトをたっぷりかけて。

母はすでに仕事に出かけている。

新聞社で記者として働いている母には、週末の休みは、ないに等しい。休んでいる日でも、電話やメールやLINEで緊急《きんきゅう》のメッセージが入ってくれば、休みを返上して職場から現場へ駆《か》け付《つ》けてゆく。

わたしは、そんな母の背中を見ながら成長していった。

だから、祖母が亡くなって以来、ひとりでごはんを食べる日が多くなった。

でも、まったく平気。

仕事をしている母がわたしは好き。尊敬している。

母が今、追いかけているテーマは「職場で、セクシャルハラスメントの被害《ひがい》に遭《あ》った女性たちの声」であることも知っている。母が教えてくれた。

母は、わたしが高校生になったころから、わたしを一人前の大人扱《あつか》いしてくれている。

そういうところも好き。

「セクハラはね、犯罪なの。痴漢《ちかん》もそうよ。日本社会はね、性犯罪に対して、甘過ぎるの。そもそもこれが犯罪だっていう意識もない。その理由は、セクハラや痴漢をしているのが男性だから。日本は、男性が女性に対して犯《おか》す性の犯罪には、ゆるい社会なの」

それはうすうす、いや、色濃《いろこ》く、わたしも感じている。

小学生だったころ、バスのなかで痴漢の被害に遭った子が何人もいて、わたしも同じバスに乗ることがあったから、とてもこわかった。けれど、担任の先生に話しても、ただ笑っているだけだった。そのことがひどくショックだったことをいまだに覚えている。

「自分が受けた被害について話をしたい」と、母に連絡《れんらく》をくれた女性がいたら、どんなに忙しくても、どんなに遠方でも、母は飛んでゆく。「ひとりでも多くの声を集めることが大事なの。これはひとりだけの被害の問題じゃない。女性だけの問題でもない。これは日本社会全体の根深い問題なの」と言って。

七月になったばかりの空想庭園は、降り注ぐ朝の陽《ひ》の光を受けて、さんさんと輝《かがや》いている。

わたしは朝ごはんを食べ終え、椅子《いす》から立ち上がって、大きく伸びをする。

マンションのすぐ前には広い公園があって、視界が大きく開けているから、眺《なが》めもよくて、日当たりもいい。

ベランダを囲っている白いフェンスには、オレンジ色、黄色、赤みがかったオレンジ色のマリーゴールドを植えこんだバスケットを吊るしている。

その手前に、ラベンダー、薔薇《ばら》、ペチュニアを植えた壺《つぼ》や植木鉢を置いている。

どれも全部、日なたの好きなお花。

ペチュニアは雨が苦手なお花だから、いちばん手前に並べている。そこだと、上に屋根の一部が張り出しているから、雨がかかりにくい。

薔薇は、太陽も好きだし、雨も好き。肥料も、お水も、たくさん欲しがる。わがままで贅沢《ぜいたく》な、女王さまみたい。

マリーゴールドとラベンダーは、乾き気味が好きだけど、少々の雨に当たっても、まったくへっちゃらな、とっても強い植物。おまけにどちらも、虫の付きやすい薔薇の、虫除《むしよ》けにもなってくれる。

赤、淡《あわ》いピンク、黄色と濃いピンクの混合の薔薇も、濃い紫《むらさき》とブルーのペチュニアも、マリーゴールドも、思い思いに花を咲かせている。

華《はな》やかな色の競演。

色と形と香りの饗宴《きょうえん》。

そんななかにあって、ラベンダーだけは、地味。開いているのか、いないのか、わからないような、青い小さな固い粒《つぶ》みたいな花を、針金みたいにまっすぐに伸びた茎《くき》に付けている。

母は華やかな花が好きだけど、わたしはこの地味なラベンダーが好き。

地味だけど、葉っぱをこすると、独特な香りがする。まるでラベンダーの隠《かく》し持《も》っている秘密みたい。

わたしは、地味なラベンダーに向かって、ひとりごとをつぶやく。

「きみって、わたしみたい」

わたしにも、隠し持っている秘密がある。

秘密の恋《こい》。

そうしてこの恋は、強い香りを隠し持っている。

さあ、お水をあげよう。

ホースのそばまで行って、じょうろにお水を入れていると「カタン」と音がして、猫のジージーが自分専用の出口から、ベランダに出てきた。

朝の「お昼寝」から、やっと、目覚めたようだ。

「ジージー、おはよう！」

ジージーは「ジェントル・ジャイアント」――穏《おだ》やかな（Gentle）巨人《きょじん》（Giant）の頭《かしら》文字《もじ》を取って、名づけた。子熊みたいに大柄《おおがら》で、ふさふさの長毛種で、エメラルドグリーンの瞳《ひとみ》の持ち主。ノルウェジアン・フォレスト・キャット。

「きょうの天気は？」

わたしは、鉢植えの点検を始めたジージーの背中に声をかける。

ジージーの天気予報は、よく当たる。

しっぽがぴーんと立っていたら、一日中、快晴。

先がくるんと曲がっていたら、晴れ、ときどき曇《くも》り。

だらーんと下がっていたら、きょうは雨が降るかも。

左右にパタパタ振《ふ》っていたら、一日中、雨。

ジージーは、くるりと振り向いて、わたしに向かって、のっしのっしと歩いてくる。

しっぽはぴーんと立っている。

快晴か。

だったら、お水はたっぷりあげていいんだね。

マリーゴールドの恋

——ヘーイ！　セオ&ナナ。来週の海の日、ピクニックに行かない？

リビングルームのソファーに寝転んで、ゆうべの読書の続きをしていたら、ユメ、ことと、夢美からメッセージが飛びこんできた。

あわてて起き上がって、スマートフォンで、返信を書く。

わたしよりも先に、菜々花からの返信が届く。

——行くぅ。ユメの壮行会《そうこうかい》だな。で、お弁当のテーマは？

ナナ、こと、菜々花のスタンプは、きょうはうさぎ。夢美のスタンプは宝石で、わたしはお花で、菜々花は動物と決まっている。どういうお花、宝石、動物になるのか、そのときどきの気分で異なる。今朝の菜々花は、うさぎ気分なんだろう。

すかさず、夢美からの返信。ダイヤモンドのスタンプ付き。

——テーマは、セオに決めてもらいたい。セオリン！　起きてる？

くすくす笑いながら、わたしは小さなキーボードを操作する。

——はいはい、起きてます。テーマは寄せ植えってことでどうですか。

——は？　意味不明なんですけど。

——要するに、なんでもアリってことでしょ。

——和洋折衷《わようせっちゅう》とも言いますね。

矢継《やつ》ぎ早《ばや》なLINEでの会話が終わって、わたしたち三人は、来週の海の日に、お弁当を持って、隣《となり》の町にある「モネの湖パーク」——勝手にそう名づけている——へ、ピクニックに行く約束をした。まるで遠足の日が決まった小学生みたいな気分になる。

あした、学校へ行けば会えるのに、こうやって、休みの日にもLINEで連絡を取り合ったり、メールを送り合ったりする。

友だちっていいな、ひとりで過ごしていても、ひとりじゃないみたいで、いいなって、素直《すなお》にそう思う。

もちろん、ときには「友だちのままでいたくない」なんて、思うこともある。

あるけれど、そういう思いは地中深く、深く、埋《う》めておく。

誰《だれ》だって、いろんな思いを抱《いだ》いている。当たり前。誰にだって、秘密があり、地上には出てこない根を持っている。

自分の思いをすべて、なんでもかんでも打ち明けあうのが友だちだ、なんて、わたしは思わない。

でも、ときどき、全部を打ち明けてしまいたいって、思うこともある。

誰に、だろう。

菜々花に、じゃないことは、確か。

だったら、夢美か。

夢美に、すべてを打ち明けてみようか。

ついさっき、水やりを終えたばかりのベランダに目をやる。

ちょうど、マリーゴールドに強い直射日光が当たって、まさにダイヤモンドのように輝いている。

夢美って、マリーゴールドみたいな人だなぁって思う。

明るくて、朗《ほが》らかで、あけっぴろげで、いつもみんなのそばにいて、しっかりと寄《よ》り添《そ》ってくれて、強くて、頼《たよ》り甲斐《がい》があって、面倒見《めんどうみ》がよくて、でも、押《お》し付けがましくなくて、お日様が好きで、乾きに強くて――

あれこれと思いを巡《めぐ》らせているうちに、はっと気づく。

でも、マリーゴールドは、寒さに弱い。

秋口に、初霜《はつしも》が降りるよりも前に、屋内に取りこんであげないといけない。それをやり忘れて、枯らしてしまった年もあった。

再来週から、夏休みが始まる。

ほぼ同時に、夢美はアメリカへ行く。だから菜々花は「ユメの壮行会」と書いた。

アメリカには、夢美のボーイフレンドが住んでいる。ボーイフレンドの意味は恋人。旅行の目的はいろいろあるのだろうけれど、主要な目的は、彼《かれ》に会うこと。いや、目的はそれしかない、とも言えるのかな。

小学生時代に知り合ったアメリカ人の男の子との初恋を、夢美は遠距離《えんきょり》で育て続けている。そういうのも、とっても夢美らしい。地に足が着いている。

自分にとって、何が大切で、何がどうでもいいことなのか、夢美は人一倍よく理解している。

湖でのピクニックのあと、できれば夢美がアメリカへ行く前に、わたしは彼女《かのじょ》に、わたしの秘密を打ち明けてみようかな、と、思い始めている。

それが正しいことなのかどうか、わたしにはわからない。

わからないけれど、このごろ、ひとりでこの思いを抱《かか》えているのがつらくて、重いと感じるようになっている。思いが重い。

思いがけず大きな花を咲かせてしまった植物の茎が、花を支えることができなくなって、折れそうになっているかのように。

マリーゴールドは決して、そんなふうにはならない。

いつだって、自分の咲かせた花に見合った茎で花を支えている。

いつのまにか、ジージーがわたしの足元にすり寄ってきて「ごはん、ちょうだい」ってせがんでいる。

「うんうん、わかった。お殿様《とのさま》、腹が減っては、戦《いくさ》はできないよね」

わたしの前を歩いてゆくジージーのしっぽは、だらーんと下がっている。

え？　もしかしたら、今度の海の日は一日中、雨降りってこと？

ジージーにごはんをあげたあと、わたしは部屋にこもって、ほんの少しだけ、勉強をして、それからノートを取り出して、詩を書いた。

タイトルは「恋の戦」と付けた。

恋する女は闘《たたか》う女
恋してはいけない、これ以上
期待してはいけない、これ以上
好きになってはいけない、これ以上
二十四時間「いけない」と闘う

闘って、闘って、闘《たたか》い抜《ぬ》いて、
きっと、最後は負ける
負けるとわかっていても
闘うことをやめられない
ノックアウトされるまで恋をする
それが恋の醍醐味《だいごみ》だ

自分の気持ちを綴《つづ》ったつもりだったけど、夢美にプレゼントしたくなった。

なぜなら「ノックアウトされるまで恋をするのが恋の醍醐味」っていうのは、いつだったか、夢美が発した言葉だったから。彼女は「遠距離恋愛《れんあい》っていうのは、連絡を待つということとの闘いだ」とも言っていたっけ。

スマートフォンで撮影《さつえい》したジージーの写真を添えて、LINEで夢美に送った。

五分も経《た》たないうちに、夢美から返信が届いた。

――セオちゃん、泣けた！　なんでセオリンに、あたしの、このせつな〜い気持ちがわかるわけ？　セオちゃんも、誰かに恋してたりするのかな。よかったら今度、教えてね。

涙《なみだ》が出そうになる。

夢美は優《やさ》しい。まるでマリア様みたい。

わたしはノートの続きにもう一遍《ぺん》、詩を綴る。これは、誰にも見せられない、誰にも送ることのできない、わたしだけのシークレット・ポエム。

タイトルは「問いかける」――。

好きになってもいいですか
あなたに
もっと近づいてもいいですか
あなたが
ほかの人を見つめているのに
そのことに気づいているのに
知らないふりをしてもいいですか

どしゃぶりの雨みたいに
泣くことになると
わかっていても
好きになってもいいですか

薔薇の告白

きょうは海の日。海の日に、湖へ行く。

朝、眠い目をこすりながら目を覚ますと、ジージーはわたしのベッドの上に飛び上がってきて、しっぽを左右にパタパタ動かしていたけれど、わたしがシャワーを浴びてバスルームから出てきたときには、ぴーんと上に立てていた。

ということは？

「わあ！　晴れた！」

窓の外には、抜けるような青空。

きのうまでは、毎日のように、しとしと雨が降っていたというのに。

わたしたち三人の楽しいピクニックのために、晴れてくれたんだ、きっと。

わたしはキッチンに、明るい感じのピアノのボサノバを流しながら、お弁当作りを始める。楽しみ、愉《たの》しみ、たのしみ。

待ち合わせは、ショッピングモールにあるバス停。

そこからバスに乗って、三十分ほど走ったところにある、キャンプもできる公園に、白、ピンク、黄色の涼《すず》しげな睡蓮《すいれん》を浮《う》かべた湖——だからモネの湖——があって、わたしたちはそのそばにあるテーブルでお弁当を食べて、おしゃべりをする予定。

待ち合わせの時間は、午前十一時。

今は九時半。楽勝。

ゆうべから、祖母のレシピブックと首っぴきで、甘辛《あまから》く煮《に》つけてあったお揚《あ》げさんのなかに、今朝、母が仕事に出かける前に作ってくれた具だくさんの寿司《すし》ご飯を詰《つ》めこんでゆく。わたしは和風のお弁当の担当で、菜々花は洋風のお弁当の担当で、夢美はデザート担当。

特大のいなり寿司《ずし》が七つ、目の前に並んだとき、スマートフォンが鳴って、LINEのメッセージが飛びこんでくる。

――ごめん！　セオ&ナナ。なんと、あたし、行けなくなりました。ゆうべ、夜中にお腹《なか》を出して寝てたせいか、ひどい夏風邪《なつかぜ》。熱が三十九度もある！　気持ち的には元気だけど、声は出ないし、頭がふらふらなの。ふたりで行って、あたしの分まで楽しんできて。ごめんね！

ちょっとしたアクシデントが起こった。

いつも元気いっぱいで、風邪なんてめったに引かない夢美がきょうに限って、どうしちゃったんだろう。寝冷え？　あ、そうか、夢美は寒さに弱いマリーゴールドだったな。

――だいじょうぶ？　しっかり休んで、早く治してね。アメリカ行きも近いんだし。学校は当面、休んでいいよ。ノート、貸すから。

わたしが返信すると、菜々花からもメッセージが入る。

――なぁんだ、もう、びっくりするなー。サンドイッチ、余っちゃうよ。そうそう、学校は休んでいいからね。ピクニックは、セオとふたりで水入らずで、エンジョイしてくる。あとで写真、送るよ。元気、出してね。じゃ、セオ、待ってるね。

菜々花ったら「水入らず」なんて、表現がちょっと違うんじゃない。なぁんて思いながらも、頰《ほお》がゆるんでしまう。

一時間後、自転車でショッピングモールまで出ていくと、菜々花の姿が見えた。ギンガムチェックのリボンの付いたバスケットを手にしている。バス停にもなっているベンチのそばで、立ったまま、わたしが来るのを待ってくれている。

まだ、わたしの姿に気づいていない菜々花の、わたしの姿を探し求めているような視線を見たとき、不覚にも胸の奥《おく》が「キュン」と鳴った。本当に、そんな音がしたのかと思うほど。激しいときめき。

やがて、わたしの姿に気づいた菜々花は、左右に大きく手を振り始めた。

「セオーヤッホー」

うさぎのようにぴょんぴょん、飛《と》び跳《は》ねている。

かわいい人、愛らしい人、愛くるしい人、可憐《かれん》な人。

菜々花は、可憐。可憐だけど、ゴージャス。まさに薔薇のような人。

色は、黄色と濃いピンクの混合。無数の花びらを幾重《いくえ》にも巻きこんで咲く。わたしの空想庭園でも育てている。苗《なえ》に付いていた名前は「ラブ＆ピース」だった。

菜々花は確かにラブの人。誰からも愛される人。

だけど、彼女はピースじゃないな。

だって、菜々花のことを考えていると、わたしの心は平和じゃなくなるから。

菜々花には、棘《とげ》がある。だって菜々花は薔薇だから。

菜々花には、謎《なぞ》がある。だって菜々花は薔薇だから。

菜々花は、わがままで、気ままで、気まぐれで、ちょっと自分勝手なところもある。そこがいい。そこが魅力的《みりょくてき》。主役にも脇役《わきやく》にもなれるような花じゃなくて、主役にしかなれない、菜々花はゴージャスな薔薇。

夢美と違って、素直じゃない。わかりやすくない。優等生じゃない。反抗的《はんこうてき》なところもある。だけど、そこが好き。たまらなく好き。

女のわたしが女の菜々花に対して抱いている「好き」は、ひそかで、静謐《せいひつ》で、洗い立てのシーツみたいな、清潔な片思い。

そう、わたしは菜々花に片思いの恋をしている。

今から一年半前、高一になったばかりのころから、ずっと。

でもこれって、恋なのかな。

もしかしたら、恋、なんかじゃなくて、いきなり愛、なんじゃないかな。

だって、わたしの菜々花に対する思いは、恋みたいに揺れ動いたりしないし、恋みたいに曲がりくねったりもしない、まっすぐなラベンダーの茎みたいな思いだもの。

わたしの片思いと、その相手を乗せて、バスは走り始めた。

最初は通路を隔《へだ》てて隣同士に座《すわ》っていたのだけれど、途中《とちゅう》で、菜々花の席の奥に座っていた人が降りた。

菜々花は、腰《こし》を浮かせて窓側の席に移動すると、わたしに「おいでおいで」をする。

それからの十五分、わたしたちは腕《うで》と腕をぴたりと寄せ合って、互《たが》いの服装を褒《ほ》め合《あ》ったり、ゆうべ読んだ本の話をしたり、クラスメイトの噂話《うわさばなし》をしたり、お弁当の中身の話をしたり、それから、彼女の背中にわたしの胸を重ねるようにして、窓の外の景色をいっしょに見たり、それから、訳もなく笑い合ったりした。

それから、それから、それから、それから――

この時間が終わらないように、と、わたしは祈《いの》っていた。

「でね……でしょ。だから……ってわけ」

「そうなんだ、でもさ……あれって……だよね」

砂時計の砂がさらさら落ちてゆくような言葉たち。砂が落ち切ったらまた反対向きにして、積み重ねてゆく他愛《たわい》もない会話が楽しい。一瞬《いっしゅん》、一瞬が楽しい。

それは菜々花も同じみたい。少なくともわたしにはそう感じられる。

心のなかで、夢美に「ありがとう！」って、言ってるわたしがいた。

きょう、わたしたちにこんな時間をくれて、ありがとう。

楽しい時間は終わる。

確実に終わる。

物事には必ず、終わりがやってくる。

夢美が来られなくなって、デザートも来なくなってしまったから、お弁当でお腹がいっぱいになったあと、それぞれがお店で買ってきたものを「せーの！」で見せ合った。

「わーお！」

「やっぱり、これか」

ふたりとも、同じ銘柄《めいがら》のチョコレートだった。わたしたちはふたりとも、チョコレートが大好き。子どもっぽい味のものじゃなくて、大人のための苦ーい板チョコ。

そこまでは、ただただ楽しいだけだったのに。

帰りのバスのなかでは、最初から隣同士で座れたけれど、行きには膨《ふく》らんでいた風船は破れて、しぼんだままだった。

菜々花の頬には涙の跡《あと》が残っていて、わたしはその横顔に視線を当てながら「ああ、この涙の跡を、わたしが指でぬぐってあげられたなら、どんなにいいだろう」って、思っていた。思っているだけで、何もできなかった。

できるわけがない、そんなこと。勇気がない。まったくない。

泣きたかった。

泣きたいのは、わたしのほうだった。


湖のそばで、ふたりでチョコレートを食べながら、しばらくのあいだ「おいしい！」とか「信じられない！」とか「かわいい！」とか「見て見て」とか言いながら、きゃあきゃあ笑い転げていた。

「あれって、いやだよねー」

「ほんっと、いや！　あれって少女ポルノだよ」

「うちの母は犯罪だって言ってる」

「セオのママ、正しいよ。性犯罪だよ、あれは」

日本のアニメで、風もないのに、女の子たちのスカートがひらひらしていたり、めくれ上がったりするのって、気持ち悪い、許せないって、いつもの日本アニメ批判で、わたしたちは大いに盛り上がった。

菜々花もわたしも、少女や幼女の肉体が売り物になっているようなアニメやコミックが大嫌《だいきら》い。幼い少女の胸だけが異常に膨らんでいる絵とか。

そんな話の途中で、ふと気が付いたら、菜々花の「告白」が始まっていた。

「ユメがいたら、話せなかった。セオには話せる。聞いてくれる？　あのね、あたしね、好きになった人がいたでしょ。そう、コンビニで出会った、あの、片思いの恋。だけど、とうとう片思いじゃなくなりそうなんだ。ううん、もうそうなってしまったのかもしれない。ねえ、どうしよう、どうすればいい」

「どうすればいいって……どういうこと」

それだけを言うのがやっと、だった。

喉《のど》がからからに渇《かわ》いている。なのに、体が水を受け付けてくれない。そんな状態だった。疲《つか》れているのに眠れない。そういう状態にも似ている。

「あのね、このあいだね、付き合ってくれないかって、言われた。黙《だま》ってたら、キスされてしまった。うれしいはずだよね。喜んでいいはずだよね。でも、なんだか、こわくて、あたし、どうしたらいいのか、わからない」

驚《おどろ》いたことに、菜々花は両手で顔を覆《おお》って、泣き始めるではないか。

わたしのほうこそ、どうすればいいのか、わからなくなってしまった。

菜々花の片思いの相手は、近所のコンビニエンスストアでアルバイトをしている大学生。その話は、何度も聞かされていた。けれど、菜々花は、そういう軽めの片思いをしょっちゅうしている人だから、わたしも夢美も「ああ、またか、かわいいな」って思っていただけだった。

「ユメには、何も言わないで。ユメは幸せな恋をしてるから、相思相愛で、きらきらだから、まぶしくて、話せない。セオならきっと、わかってくれると思うの」

心のなかで、わたしは怒《おこ》っていた。

その大学生に対して。

きっと強引《ごういん》にキスでもすれば、自分の思い通りになるって、思ったんじゃないか。

「あたしから告白したわけじゃない。でもきっと、彼が気づいてくれたんだと思う。だから『付き合ってほしい』って。でも、そんなこと、言われても、どうしたらいいか、わからない。ねえ、セオ、あたし、どうすればいい？　好き過ぎて、自分がこわい」

好き過ぎて、なの？

本当に、そうなの？

菜々花がわたしに「だいじょうぶだよ。付き合ったらいいよ」って、背中を押されたがっているのだと、わかった。

わかったけれど、わたしには言えなかった、そんなこと。

だからわたしは黙って、菜々花の肩《かた》に手を伸ばして、優しく肩を抱いてあげた。

それで精一杯《せいいっぱい》だった。

本当は、こう言いたかった。

菜々花、菜々花、わたしは、ここにいるよ。

わたしだって、菜々花が好きだよ。

付き合えたらいいなって思ってるよ。

わたしなら、菜々花を不安にさせたり、こわがらせたり、泣かせたりしないよ。

でも、そんなこと、言わないし、言えない。

そんなことを言って、菜々花を困らせたくないから。愛は恋と違って、もっと優しいものだと思うから。

菜々花は、わたしの思いなど知るすべもなく、わたしの胸に顔を押し当てて泣き続けていた。

「好きだけど、好きだけど、どうすればいいか、わからない」

言いながら泣きじゃくっている菜々花の髪《かみ》の毛《け》を撫《な》でているだけで、精一杯だった。

きっと、あれは恋の涙だったんだろう。わたしにとっては、絶望の涙だったけれど。

ジージーの天気予報は、外れてしまった。

夕方から夜にかけて、激しい雨が降り続いた。

わたしの心のなかでも、外でも。

世界中、どしゃぶりの雨だった。

ペチュニアの決意

真夜中、仕事から戻《もど》ってきた母の気配がして、目を覚ますと、窓の外の雨はすっかり止《や》んでいた。

キッチンのテーブルの上に「よかったら食べて。菜々花の手作り」とメモを添えて置いておいた、卵サンドとアボカドサンドを、母は食べているのだろうか。

母がお風呂《ふろ》を使って、自分の寝室《しんしつ》に引き上げたのを確認《かくにん》してから、わたしはリビングルームへ行って、そこからベランダに出た。

わたしといっしょに、ジージーも外へ出てくる。

ジージーを抱《だ》き上《あ》げて、ふかふかの毛に顔を埋《うず》めて、

「ねえ、ジージー、聞いてよ。わたし、失恋しちゃったよ。しかも、完全ノックアウトだよ。手も足も出ないよ」

つぶやいていると、ジージーはひゅるひゅる、ごろごろ、喉を鳴らし始める。わたしを慰《なぐさ》めてくれているのだとわかる。

穏やかな巨人猫は、優しい。

人への思いやりと愛で満ちている。だから猫が好き。

空想庭園の暗闇《くらやみ》のなかを、雨上がりの夜風が通り抜けてゆく。

紫色のペチュニアの花が揺れている。

ペチュニアって、楽器にたとえると、チェロみたいだなと思う。

ヴァイオリンではない。ビオラでもない。ましてや、管楽器や打楽器ではない。深くて厚みのある、優しい暖かい音を出せるチェロだなって思う。

ペチュニアの花びらは、ビロードを思わせる。

柔《やわ》らかくて、薄《うす》くて、儚《はかな》げで、雨に濡《ぬ》れると、うなだれてしまう。強い直射日光や乾燥《かんそう》にも弱くて、水切れすると、葉っぱがふにゃっとなって、しおれてしまう。けれど、回復するのは早い。お水をあげると、五分後にはしゃんとしている。

強そうに見えて弱いのが薔薇で、弱そうに見えて強いのがペチュニア。

やっぱり菜々花は薔薇で、わたしはときどきペチュニアかな。夢美は、強そうに見えて強いから、やっぱりマリーゴールド。

わたしは指先でペチュニアの葉っぱをかき分けながら、咲き終わった花を摘《つ》み取《と》ってゆく。咲き終わった花を摘むことによって、これから咲くつぼみに、栄養が行き届く。植物には無駄《むだ》がない。枯れていく花も、みずからの使命をちゃんと果たしている。

花を摘み終えて、ベランダをあとにしたとき、心のなかで「カチッ」と音がして、スイッチが入った。

そうだ、菜々花に、手紙を書こう。

眠れない夜を過ごしているかもしれない菜々花に、メールでもなく、LINE でもなく、手紙を送ろう。きょう、菜々花に言えなかったことを書こう。

菜々花は手紙をもらうのが好きだから、きっと喜んでくれる。

机の上に便箋《びんせん》を広げて、万年筆を握《にぎ》りしめた。

祖母の形見の万年筆だ。

誰が使っても、とびきり上手な文字に見える魔法《まほう》の万年筆で、わたしは好きな人への手紙を綴る。

大好きな菜々花へ
きょうはとても楽しかった。菜々花のサンド、すっごくおいしかった。

ふわふわの卵焼きに、スイスチーズっていう組み合わせが最高だった。

途中からは、少し、というか、ものすごくびっくりしたけれど、菜々花の恋する気持ちが痛いほど伝わってきました。

わたしに話してくれて、ありがとう。そのことがすごくうれしかった。

そのうちユメにも話すといいよ。彼女なら、経験者ならではの有効なアドバイスをいっぱいくれるよ、きっと。

わたしはまだ、男の子に恋をしたことがないし、これから先も、するつもりはないから、菜々花に、菜々花が必要としているアドバイスをしてあげることはできない。

でも、わたしはいつだって、菜々花のサイドにいるよ。

スタンド・バイ・ユーだよ。

だって、友だちだもん。

友だちだってね、友だちに恋をしているんだよ。

友だちへの恋はね、愛情に満ちている。嫉妬《しっと》したり、独占欲《どくせんよく》や支配欲を抱《いだ》いたりはしないんだ。どろどろしていないの。きれいなんだ。恋するって、そんなに苦しいものであってはいけないって、わたしは思うんだ。

ああ、だんだんシリメツレツになってきたけれど、菜々花、またわたしでよかったら、なんでも話してね。

このあいだ、読んでいた本にね、こんな詩が載《の》っていたの。

タイトルは「あした会えるのに」って言います。

これ、わたしの大好きな詩なんだ。無名の詩人の作品なんだけど、きょうのわたしたちにそっくりなの。

この詩を菜々花に贈《おく》って、この手紙を締《し》めくくります。

今夜、菜々花が泣かずに、ぐっすり眠っていますように。

楽しかったね
ふたりで笑ったね
チョコレート　おいしかったね
ふたりでいっしょに食べたから
苦いチョコも甘く感じたね
今度はいつ会えるのかな
あした、会えるね
あした、会えるとわかっていても
あしたも会いたいって思ってしまう
あさっても
しあさっても
本当は五分後に会いたい
あした会えるのに
ずっと待ってる

五分も待てないのに
百年だって待ってる

大好きな菜々花へ。おやすみなさい。

世緒莉より

手紙を書き終えて、恋に別れを告げた。仮の別れ。かりそめの別れ。

いつのまにか、また雨が降り始めた。

葉っぱを濡らし、花を濡らし、つぼみを濡らしている、優しい雨。わたしの悲しみや、さびしさも濡れている。ときめきも、ささやきも、つぶやきも、みんなみんな、雨に濡れて、流されて、どこかへ運ばれてゆく。

花たちが地中深くまで伸ばしている白い根に、雨は染《し》みこんでゆく。

きらきら輝いていた湖に、落ちてゆく無数の雨粒を想像してみる。湖のそばで笑い転げた時間にも、雨は優しく降り注いでいる。

雨音を聞きながら、わたしは、菜々花の存在を感じている。

いつか、笑いながら、菜々花に話せる日が来るだろうか。

あの日の、あの手紙は、ラブレターだったんだよって。

あの手紙に書いた詩は、わたしが書いたものだったんだよって。

わたしから菜々花への、想《おも》いを綴ったものだったんだよって。

笑いながら、話せる日が来るだろうか。

来るかもしれないし、来ないかもしれない。それでいい。

わたしはこれからも、菜々花のそばにいて、まっすぐな茎を持つラベンダーのように、親友を見守っていてあげよう。まるで薔薇の女王様を守る騎士《きし》のように。

摘み取られて、新しいつぼみに命のバトンを渡す、真夜中のペチュニアのように。

窓辺で、哲学者《てつがくしゃ》みたいに一心に、夜空を見つめているジージーのしっぽがピーンと立っている。

あしたは晴れ。

午前中は雨降りでも、雨のち晴れになる、きっと。

第4話

七つの「好き」の物語

宇宙のなかで

わたしたちは巡り会った
誰の力も借りずに
何の力も借りずに
あなたの力と
わたしの力と
どちらの力も強すぎず
どちらの力も弱すぎず
吸い寄せられるように
引き付けられるように
わたしたちは巡り会った
宇宙のなかのとても僅かな

目にも見えない一つの点

わたしたちは会えた
運命と呼ぶにはさり気なく
あまりに何気ない
自然なできごとのように
けれどもそれは何千年も前から
用意されていたとしか思えない
わたしたちは会えた
ふたりの力が瞬間釣り合って
目と目が合って
どちらからともなく歩みより
宇宙のなかでわたしたちは
言葉を交わし始めた

会いたい行進曲

「ねえ、運命って、存在すると思う？」

「すると思う！　絶対！」

「するかしないか、わからない。わからないから、運命ってことなんじゃない？」

「へえ、そうかな。あたしは絶対にあると思うな。絶対あるから、運命なんだよ」

「降りてくるんだよね、ある日、突然《とつぜん》、空からすーっと」

ここは、私立女子高校の、校舎と校舎をつなぐ渡《わた》り廊下《ろうか》。

三階にあって、とても見晴らしがいい。よく晴れている日には、遠くに富士山《ふじさん》が見えることもある。きょうは雲がかかっていて、見えていないけど。

もうじき、梅雨《つゆ》の季節が始まるのかなぁ。

「どうかなぁ。そのときはこれが運命だって思ってても、あとからまた、別の運命くんが現れたりしたら、前のは、そうじゃなかったってことになるんじゃない？」

本日のメインテーマはどうやら運命論みたいだな。

「あとからまた、別の運命くんが……」

「それが本命の運命の人ってことか……」

「じゃあ、あのさ、運命と、運命の人はどう違《ちが》うのさ」


わたしたち仲良し三人組は、二時間目と三時間目のあいだにある、ほかよりも長い十五分の休憩《きゅうけい》時間にはいつもここに集合して、おしゃべりをする。

高一のときには、みんな同じクラスだった。

二年生になって、ふたつに分かれてしまった。

「あのね、運命っていうのは、順番が大事なんだ。どういう順番で運命の人に出会うかによって、その後の運命も変わってくるんだよ」

「つまり、運命を決めるのは、何番目の運命の人なのかってことか」

「ますますわからない。そもそも、運命の人なんて、それがわからない」

「あたしは、なんとなくわかる、かな」

「この世の中には必ず、自分の双子《ふたご》みたいな人がいるって、聞いたことがある」

「それが運命の人か」

「でも、会えなかったら、どうなるの」

「ちょっと、ユメ！　聞いてる？　さっきから黙《だま》ってしまって、どうしたの。ユメはどう思うの、運命について」

菜々花に肩《かた》を叩《たた》かれて、はっと我に返った。

ふたりの瞳《ひとみ》がわたしに集中している。

「あ、ごめん、考え事してた」

「ああもう、またか」

「仕方がないよ、ユメは夢見る乙女《おとめ》ちゃんなんだから」


わたしの名前は、佐藤《さとう》夢美。

小学生のころは、この名前が好きだった。みんなから「夢ちゃん」と呼ばれていた。家族からは今も、そう呼ばれている。

高校生になった今は、自分の名前がなんだか気恥《きは》ずかしい。「ゆめみ」なんて、子どもっぽい。もっとかっこいい名前だったらよかったのに。たとえば、エレナとか、マリアとか、サラとか。そういえば、中学生時代に仲のよかった子の名前は「まりな」だった。高校が別々になって、疎遠《そえん》になってしまったけど、どうしてるかな。

菜々花は、響《ひび》きも漢字もきれいで、菜の花の揺《ゆ》れるお花畑が浮《う》かんでくる。

世緒莉の語源は、理論《セオリー》なんだって。おしゃれ過ぎる。

ふたりはわたしを「ユメ」と呼んでくれている。「ゆめちゃん」よりは「ユメ」のほうが少しはかっこいいかな。

「三人のなかで、運命の人に出会ったのは、ユメだけなんだからさ、しっかりしてよ」

「そうだよ、初恋《はつこい》くんが運命くんなんて、ラッキー過ぎる！」

「運命経験者なんでしょ。どういう感じだったのか、教えてよ」

「教えてって言われても……」

「困る？」

「あとから別の運命くんがやってきたら、ユメはどうするのさ」

「だめだよ、そんな意地悪な質問」

「そうだよ、ユメの初運命をみんなで応援《おうえん》するのだ」

「ファースト・デスティニー、素敵《すてき》！」

「ユメの目はいつだって、海の向こうに向いているのです」

「ああ、ユメの運命の王子様は、あの空のかなたに……」

「愛《いと》しのオパール王子様、ユメ姫《ひめ》は、王子に会いたい……」

ふたりの笑い声がさざ波のように、寄せては返している。


さざ波に包まれて、わたしは思っている。

会いたい、会いたい、会いたい、会いたい。

会いたい行進曲。

そう、人を好きになるってことは四六時中「会いたい」って思うこと。

いつも、いつも、くり返し、そう思っているってこと。それが基本であり、応用でもある。会いたい、会いたい、会いたい、会いたい。メトロノームみたいに正確に、気持ちが寄せては返してるってこと。寄せては返しながら、ひとつの大きな波になって、ただひとりの人に寄せていくこと。

会いたい気持ちが初夏の空に向かって、飛んでいく。

海を渡る風になって、飛んでいく。

ジェイク、もうじき、会えるね。

会いに行くからね、夏休みが始まったらすぐに。

飛行機に乗って、空を飛んで、国境を越《こ》えて、海を渡って。

飛んでいこうとする気持ちを手元にぐいっと引き寄せるようにして、わたしはふたりに言う。

「運命はね、その瞬間《しゅんかん》には、それが運命だとはわからない。あとでじわじわ、わかってくる。好きになってから、わかってくる。ああ、あれが運命の出会いだったのかって。好きになることが先で、運命はあとだよ」

ふたりは急に静かになった。

経験者の言葉には、それなりに重みがあるってことなのかな。

かわいい王子

わたしがジェイクに出会ったのは、小学六年生のときだった。

遠い昔の出来事のようでもあり、つい最近、起こった出来事のようでもある。

高二のわたしから見ると、小六のわたしなんて、笑い出したくなるほど幼いお子ちゃまに過ぎないのに、でも、あの日、あのときに感じたこと、思ったことは、今もこの胸のなかで生きているし、息づいているし、成長もしている。

だからあれは、遠くて近い出来事なんだろう。決して過去にはならない、いつも現在進行形の出来事ってことなのかもしれない。過去なのに現在って、ちょっと変かな。


あれは今から五年ほど前の夏。

夏休みに家族で遊びに行っていた、母の親せきの家の近くにあった、宝石と鉱物の博物館。偶然《ぐうぜん》、同じ日に、ジェイクもそこに来ていた。

あとでジェイクから聞いた話によると、本当はその前の日に来る予定だったのに、両親のどちらかになんらかの用事ができて、その日になったらしい。

ジェイクのお父さんはアメリカ人で、お母さんは日本人で、そのときにはお母さんの両親の家に、家族三人で里帰りをしていた。翌々日にはアメリカへ戻《もど》ることになっていたから、わたしと母が博物館を訪ねた日が一日ずれていたら、会えなかったかもしれない。

だから、運命の神様には感謝するしかない。

ジェイクは、とても人なつこい男の子だった。なんにでも興味があって、人の話をよく聞いて、自分もよくしゃべる、とても頭のいい子。

第一印象は「かわいい！」だった。

同い年なのに、当時はわたしよりも背が低くて、小柄《こがら》で、弟みたいな感じがした。わたしには、赤《あか》ん坊《ぼう》のときに亡《な》くなってしまった弟がいたので、そのことを思い出して、勝手に胸がぎゅん、と、したりもした。

母もあとで同じようなことを言っていた。

「うしろから見たら、夢ちゃんとジェイクは、きょうだいのように見えたよ」って。

でも、前から見たら、ずいぶん違う。

ジェイクの瞳は吸いこまれるように青くて、髪《かみ》の毛《け》は金色に近い茶色。

外国の絵本に出てくる王子様みたいだった。

かわいい王子。

この「かわいい」という第一印象、というか、ぱっと感じた思い、というか、直感みたいなものかな、まだ「好き」にはなっていないけれど「かわいいな！」と思えること。外見だけじゃなくて、中身というか、性格というか、言ってしまえばその全体性を。

これって、人を好きになることの第一歩かもしれないな。

わたしたちは誰《だれ》でも、かわいい小物、かわいい花、かわいい動物、かわいい小鳥が好きだ。それと同じように、かわいい人を好きになるのだと思う。

ただし、その「かわいい」には、個人差と個性がある。ある人にはかわいいと思えても、別の人にはそうは思えない場合もある。たとえば世の中には、ねずみをかわいいと思う人もいれば、猫《ねこ》がかわいいと思う人もいる。猛獣《もうじゅう》がかわいいと思える人もいれば、蛇《へび》がかわいいと思える人も。

わたしには、ジェイクがかわいい人だと思えた。

ジェイクはわたしだけの、かわいい王子。今も昔も。うん、そういうこと。

王子は、理科が得意で好きで、特に地学に関心があるようだった。宝石と鉱物のことにもくわしかった。

自分で自分のことを「石博士なんだ」と言っていた。

胸を張って、瞳をダイヤモンドみたいにきらきらさせながら。

あのきらきらが素敵だと思った。きっと、自分に自信があるから、あんなにはっきりと

「石博士なんだ」って言えたのだろう。その自信が素敵だと思った。

石が結んでくれた縁《えん》、石が連れてきてくれた運命。

それもあったけど、わたしたちがすぐに打ち解けて、仲良くなれたのは、日本語のおかげだったと思う。

石と同じくらい、ジェイクは日本語に、なみならぬ関心を抱《いだ》いていた。「もっと勉強したい」「いろいろ教えて」「このことばはどういう意味？」と、その日、出会ってから別れるまで、さかんにそう言っていた。

お母さんが日本人だから、日本語はある程度、話せる。でも、読んだり書いたりは難しい、特に漢字が難しいと、これはアメリカから届いた手紙にも書かれていた。

あの日、別《わか》れ際《ぎわ》に、ジェイクは言ったのだった。

「アメリカに戻ったら、ぼくはきみに手紙を書く」

なんて、かわいい男の子なんだろうと、そのときも思った。

電話する、じゃなくて、手紙を書く。

手紙ちょうだい、じゃなくて、手紙を書く。

わたしには言えない。思っていても、口には出せない。何かを「はっきり言える」「気持ちを素直に言葉にできる」人って、人としてかわいいなって思う。

そうだ、お昼休みにはこの「かわいい論」を、おしゃべりのテーマとして、提案してみよう。

運命の石

キンコンカンコン、キンコンカンコン。

三時間目の授業の始まりを知らせる鐘《かね》が鳴り響いて、

「じゃあ、また昼休みにね」

「チャオー」

「バイバイ」

「バーイ」

わたしたちは手を振《ふ》り合《あ》って、二手に分かれた。

菜々花は、渡り廊下の左手へ、世緒莉とわたしは右手へ。

さっきから、世緒莉の横顔が少しだけ、曇《くも》っているように見えるのは、気のせいだろうか。

「だいじょうぶ？　体調、ちょっと悪かったりする？」

小声でささやくように訊《き》いたら、大きな声で答えが返ってきた。

「ううん、ちっとも。ユメの運命論に、勇気づけられたよ！」

「え、ほんと」

「うん、好きが先で、運命はあと、でいいんだよね」

「その通り、かな」

「だから、とりあえず、好きな人は好きでいればいいってことだよね」

「その通り！　運命はあとからやってくる」

そう答えながらも、わたしは「あれ？　これって、いったいどういうことなんだろう」なんて思ってしまう。自分で言ったことなのに、その言葉の意味がわからなくなっている。

世緒莉が菜々花を好きなことは、知っている。たぶん菜々花も気づいている。でも、菜々花は、男の子が好きな女の子なのだ。世緒莉にもそれはわかっている。

世緒莉は菜々花と恋人同士になりたくて、菜々花は世緒莉とは大親友でいたいと思っている。「好き」の種類が違う。でもふたりとも、相手のことが大好きなのだ。そのことは尊い。

だからやっぱり「好きが先で、運命はあと」でいいってことなのかな。

いつか、ふたりのあいだで、運命みたいなものが動いて、菜々花も世緒莉のことが友だち以上に好きなんだって、気づいたりすることも、あるのかな。

それが運命？

授業が始まった。三時間目は国語だ。

教科書を開く。りっぱな文豪《ぶんごう》が書いた、りっぱで退屈《たいくつ》な文章が載《の》っている。文字が全部、虫に見える。だんだん眠《ねむ》くなってくる。

わたしは教科書に視線を落としたまま、ジェイクのことを思い始める。

今度、ジェイクに手紙を書いて、尋《たず》ねてみよう。

ねえ、ジェイク。あなたにとって、人を好きになるって、どういうこと。

運命って、存在すると思う？

ジェイクからはきっと、ユニークな答えが返ってくるに違いない。

「幸運と生命が結びついたら、運命になります。だから運命はいつだってラッキーなんです」なんて。

ジェイクはいつも、おもしろいことばかり考えている。いつだって、わたしを笑わせるようなことばかり、言ったり書いたりする。

そういえば、初めてもらった、かわいい手紙に、こんなことが書いてあった。


――たとえば「I miss you.」（さびしい）ということばはブルーです。でも、そこに「好きです」という気持ちのブラックライトをあてると、この英文は「I love you.」に変化して、ピンク色になります。


当たってる。

当たってるよ、ジェイク。

今、この胸のなかに存在している気持ちは「なかなか会えなくてさびしいブルー」だけど、でも、ジェイクとの思い出やジェイクと過ごした時間、つまり「好きです」の光を当てると「大好きのピンク」になる。

あれは本当に、おもしろい手紙だった。

おもしろい人じゃなかったら、あんな手紙は書けない。

わたしは、おもしろい人を尊敬している。この「尊敬」って気持ちも、きっと「好き」と深く関係しているのだろう。

ジェイクはかわいくて、おもしろくて、尊敬できる人。だから、大好き。

初恋なんて実らない。成長するにつれて、消えてしまう。なんて言う人もいるけど、わたしはそうは思わない。


——花ことばがあるように、石ことばもあります。ほたる石のことばは「お手紙ください」です。


運命はきっと、あのとき、わたしたちのもとへ、やってきてくれたのだろう。天から降りてきたのかもしれない。つながった、って、あのとき思った。

蛍石《ほたるいし》の言葉がわたしたちをつないでくれた。

そう、蛍石は、わたしたちの運命の石だったのだ――。


「じゃあ、続きは誰に読んでもらおうかな。佐藤さん、続きを読んで！」

突然の指名によって、わたしの甘《あま》やかな夢想は、中断を余儀《よぎ》なくされる。

「……はいっ！」

勢いよく返事をして立ち上がる。

教室内には、くすくす笑いが満ちている。よくあることだからだ。わたしが夢見心地《ゆめみごこち》で回想に浸《ひた》っているときに限って、この先生はわたしを指名する。

鞄《かばん》に夢を詰《つ》めこんで

「夢ちゃん、晩ごはん、できたぞー」

台所で、父が呼んでいる。

「はぁい。今、飛んでいくー」

「墜落《ついらく》するなよ」

母はおとといから地方へ出張に出かけていて、あしたまで留守。わたしと父は代わりばんこで、朝ごはんと夕ごはんを作っている。

ゆうべはわたしが作ったペンネ、トマトソース。ソースの煮込《にこ》みがやや足りなかったけれど、味はすり下ろしチーズでごまかした。

今夜は父の作った和食が並んでいる。

「わーお！　豪勢だなぁ」

「見た目だけはな」

ぶりの照り焼き、白滝《しらたき》とちりめんじゃことつみれの唐辛子炒《とうがらしいた》め。まわりをゆで卵の輪切りで囲んだ大皿に、野菜たっぷりのサラダ。サラダの内容は、ラディッシュ、わかめ、チコリ、ケール、きゅうり、ミニトマト、キャベツ、人参《にんじん》。このほかに、納豆《なっとう》とお味噌汁《みそしる》。ごはんは玄米《げんまい》。

父は料理が好きで得意で、母は料理全般《ぜんぱん》がからきし苦手。母が夕食当番の日には、焼きそばとか、鍋物《なべもの》とか、豆腐《とうふ》と野菜の炒め物とか、さほど技《わざ》を必要としない料理になる。わたしは主にイタリアンを作る。パスタのソースなら、わたしにお任せ。

料理は楽しい。作る喜びと、作ったものを食べてくれている人の、喜んでいる笑顔《えがお》を見て幸せな気持ちになれる、という喜びがある。

ひとつのものに、ふたつの喜びがある。

料理は、相思相愛の恋に似ている。恋する喜びと、恋される喜び。

「いただきまーす」

お箸《はし》を取り上げて、まずは、ぶりの照り焼きをひと口。

「ん、うまい」

言い方がちょっと、おじさんぽくなってしまう。

「留学旅行の準備はできたのか。何か足りないものがあったら、あした、会社の帰りに買ってくるけど」

ひとり酒の日本酒を飲みながら、正真正銘《しょうしんしょうめい》のおじさんは問いかけてくる。

涼《すず》しい顔をして、わたしは答える。

「足りないもの、なんだろう。英語力だけ、かな」

来週の月曜から夏休みが始まる。

翌日の火曜に、わたしは成田空港《なりたくうこう》を飛び立って、ニューヨークシティへ向かう。

空港には、ジェイクが迎《むか》えに来てくれている。再会だ！

気分はすっかりアメリカだ。旅の支度《したく》は先週、すでに抜《ぬ》かりなく、済ませてある。

「英語か。それはなかなか難しい注文だ。あした買ってくるわけにも行かないな。ところで、これで何回目になるのかな、アメリカ」

数えなくてもわかっているくせに、わたしは指折り数える。

「ええっと、中学のとき一回でしょ。あ、みんなで行ったハワイを入れたら二回か。去年は、夏に一回と、冬にお母さんの出張のくっ付き虫で行ったのを入れると、合計四回で、今度は五回目かな」

これはわたしの渡米歴《とべいれき》。心のなかではひそかに「ジェイクに会うのは八回目」と、ひとりごと。ハワイと、母の出張先のシカゴでは、ジェイクに会えたわけじゃない。でも、日本では会えた。五回も。

ジェイクは日本に帰国したときには必ず、うちに遊びに来る。ジェイクの両親とうちの両親はすっかり仲良くなってしまって、家族ぐるみのお付き合いになっている。あまりに健全過ぎて、喜ぶべきなのか、そうでないのか、ときどきわからなくなるけれど、それはさておき。

「五度目の正直か。夢ちゃん、飽《あ》き性《しょう》なのに、なかなか飽きないね、アメリカだけは」

「イエス・オフコース」

「まあ、好きな男がいれば、飽きないわな、それは」

好きな男、なんて言われると、どきっとする。

大人の言葉に対して、ポーカーフェイスで答える。

「まあ、そんなとこだね。何回、会っても、飽きない。会えば会うほど、会いたくなる。好きな男にも、アメリカにも、アメリカンドリームにも」

「おお。若いって素晴らしいな。若いときには、夢だけあれば、それでじゅうぶんなんだよな。鞄には夢だけを詰めこんでいけ！」

鞄には夢だけを詰めこんでいけ。いい言葉だ。

「それ、名言だね。父語録に入れておく」

わたしと父は仲がいい。友だちみたいな口をきく。母よりもむしろ、父のほうが話しやすいし、悩《なや》みなども打ち明けやすい。

菜々花は「やだ〜気持ち悪〜い」と、眉《まゆ》をひそめる。世緒莉のお父さんは亡くなっているせいか「いいな、うらやましいな」と言う。「いればいたで、鬱陶《うっとう》しいことだって、いろいろあるんだから」と菜々花。

実のところ、わたしも中学生だったときは、ちょっとだけ、父を避《さ》けていた。家のなかにひとり、外国人がいるようだった。けれど、ジェイクと遠距離《えんきょり》で付き合うようになってから、不思議なことに、父との距離は縮まった。ジェイクと父には、共通点がある。それはどちらも「少年」である、ということ。つまり、わたしは父の内面に住んでいる「少年」に気づいて、父を前よりも好きになった、ということかもしれない。

「ごちそうさま」

「おそまつさま。あとで麻理《まり》ちゃんに電話するけど、夢ちゃんも出るか」

父は母を麻理ちゃんと呼ぶ。いまだに恋人気分なのだ。

母は違う。母は父に対して、もう少し、冷めている。わたしには、そのことがわかる。母は仕事が大好きで、家族よりも仕事優先。父はその反対。でもわたしはそれでいいと思っている。仕事を大事にしている母も父も、わたしは尊敬している。

「ううん、わたしはいい。よろしくって言っといて。ふたりの邪魔《じゃま》したくないし。あ、お土産《みやげ》たくさん買ってきてって、言っといて」

言わなくても母はきっと、ジェイクへのお土産をいっぱい鞄に詰めこんで、帰ってくるだろう。ジェイクの好きな駄菓子《だがし》。ジェイクの好きな日本の文房具《ぶんぼうぐ》。ジェイクの好きなあれやこれや。それらを詰めこんで、わたしはアメリカへ行くわけだ。

母はジェイクにはすごく甘い。ジェイクがうちにホームステイに来ると、仕事もそっちのけで「息子《むすこ》の母」に変身する。

父はわたしにとって、わかりやすい人間だけど、母はミステリアス。犬と猫の夫婦《ふうふ》みたいだ。もしかしたら、だからこそ、長続きしてるのかな。

言葉の架《か》け橋《はし》

夕ごはんのあと、お風呂《ふろ》を済ませて、さらさらのコットンのパジャマに着替《きが》えて、ベッドの上にごろーんと転がる。

最近のお気に入りの、ヴィヴァルディの「四季」を聴《き》きながら、そして、ジェイクが贈《おく》ってくれたアレン・ギンズバーグの詩集をぱらぱらめくりながら、わたしは、わたしの「夢」に思いを馳《は》せる。

わたしの夢は、翻訳家《ほんやくか》になること。

英語で書かれたお話を、日本語に置《お》き換《か》えていくこと。翻訳書があれば、英語の読めない人でも、英語で書かれたお話を楽しむことができる。

言葉と言葉の架け橋になること。

これって、素敵な仕事だと思う。かっこいい仕事だと思う。

――ユメちゃんは、お話をつくるのがとくいで、好きだと、おしえてくれました。つぎは、ユメちゃんのつくったお話を手紙に書いて、送ってください。

宝石と鉱物の博物館で、初めて出会った日、ジェイクから「きみの得意なことは何」と尋ねられ、わたしは苦しまぎれに「お話を作ること」と答えた。

ほんとは、そんなに得意なわけじゃない。作文だって、それほど得意じゃないし、国語の成績は英語ほど、よくはない。

得意なのはただ、夢みたいなお話を頭のなかで思い浮かべること。

それでも、ジェイクのリクエストに応えて、小学生だったわたしは「虹色《にじいろ》王国のオパール王子」というお話を作って、手紙に書いて送った。おもしろいお話だったのかどうか、自分ではよくわからないけれど、とにかく一生懸命《いっしょうけんめい》、書いた。ラストをどう終わらせればいいのか、あれこれ迷って、何度も書き直して、完成させた。


一ヵ月後、ジェイクから届いた返事の手紙の入った封筒《ふうとう》をあけて、わたしは「わあっ」と、歓声《かんせい》を上げた。

なんと、そこには、わたしの書いたお話をジェイクが英語に翻訳した、英語版「虹色王国のオパール王子」が入っていたのだった。

あれは、ぶあつい手紙だった。

最初から最後まで英語。

英語の得意な母に見せると「切れ味のいい英語ね」なんて、ほめていたっけ。ジェイクの日本語の文章は、やたらに丁寧《ていねい》で、かわいらしい口調で書かれているけれど、英語はそうじゃないみたいだった。

わたしは、今まで使ったことのない脳細胞《のうさいぼう》を使って、ぶあつい英語の手紙の読解に挑戦《ちょうせん》した。まとまった英語の文章を読んだのは、それが初めての経験だった。

母から譲《ゆず》ってもらった英語の辞書を引きながら、夢中で読んだ。自分で書いたお話だったし、ストーリーを知っていたから、なんとか最後まで読めたのかもしれない。

深い達成感を覚えた。

やればできるんだと思った。

そのことをきっかけにして、わたしは英語に夢中になった。

ジェイクから推薦《すいせん》してもらった英語のお話を、洋書店で探したり、注文したりして、読むようになった。それから、短いお話を自分で日本語に翻訳して、それをジェイクに送ったりするようにもなった。

読めば読むほど、英語はおもしろい言葉だと思った。楽しい言葉だと思った。同時に、難しい言葉でもあると思った。

翻訳をしようとする場合、簡単な英単語のほうがむしろ、日本語に置き換えるのは難しい。これもひとつの発見だった。

たとえば「ガール」という英単語。これは単純に訳せば「少女」ってことになる。ところが「ガールフレンド」という言葉になると、それは「女性の恋人」ってことになる。同時に「女性の友だち」という意味もある。ところが「ボーイフレンド」という言葉には「男性の恋人」という意味はあっても「男性の友だち」という意味はない。こんなこと、学校では教えてくれなかったし、辞書にも載っていなかった。ジェイクに教えてもらって初めて知った。「アイ・ラブ・ユー」よりも「アイ・ケア・フォー・ユー」のほうが愛が深くて、その愛には責任感がともなっているのだ、なんてことも。

英語の世界は、奥《おく》が深い。

日本語だって深いに違いないけれど、英語の場合、日本語と違って、世界中の多くの国々で通用するから、ものにすればするほど、自分の世界も広がっていく。

ジェイクに会えない時間はとても長いから、その長い時間をすべて英語の勉強に使った。ジェイクの母語を学ぶことによって、わたしはもっと、もっと、ジェイクに近づいていきたかった。

その過程で「翻訳家になる」という夢がわたしに、近づいてきてくれた。

すべては、一通の手紙から始まった。

あのぶあつい手紙は、わたしと夢の架け橋になってくれた。まるで虹のように。

わたしの現在と未来に架け橋をかけてくれたジェイクに、感謝している。

「好き」という気持ちのひとつには「ありがとう」が含《ふく》まれていると思う。

会いたい、かわいい、おもしろい、尊敬できる、飽きない、ありがとう。これで六つ。

あともうひとつ、あるような気がする。

「好き」という美しい鉱物を構成している、重要な元素があともうひとつ。

なんだろう、それは。

ニューヨーク・ニューヨーク

トントントントン、トントントントン。

毎朝、なぜか七回、ドアがノックされて、

「ユメちゃん、きょうはどこへ行きますか」

あけると、そこにはジェイクが立っている。

かわいい王子はずいぶん大人になった。今はわたしよりも背が高くて、声が低くて、手足が長い。髪の毛の色も、金色から茶色に変わった。瞳の色だけは、変わらない。トルコ石と同じ、ターコイズブルー。わたしは、どうかな。あんまり変わっていないんじゃないかな。

「ヘーイ！　ジェイク。元気ぃ」

わたしは英語であいさつをする。

朝でも昼でも夜でも「ヘーイ！」でいい、なんてことも、ジェイクと付き合うようになってから知ったこと。

ここは、ニューヨークシティのチェルシー地区にあるジェイクの家。

細長いビルの一階が画廊で、二階が建築設計事務所。画廊の経営者はジェイクのマムで、建築家のダッドは二階のオフィスで仕事をしている。三階と四階が家族のおうち。わたしは四階にあるゲストルームに泊《と》まらせてもらっている。ジェイクの部屋も同じ階にある。

毎晩、寝《ね》る直前までは、どちらかの部屋に集合して、いっしょに動画を観《み》たり、お菓子を食べたり、飽きることもなく延々とおしゃべりしたりしている。

きのうは、メトロポリタン美術館へ行った。

おとといは、ブルックリンにある植物園へ。

その前は、セントラルパークへ。

ニューヨークは、街全体がまるでおとぎの国みたいだ。

ストリートとアヴェニューで区切られた碁盤《ごばん》の目《め》みたいな街。

歩いているだけで楽しい。お店を見たり、入ってみたり、コーヒーショップの屋外席に座《すわ》って、通りを行《い》き交《か》う人たちを眺《なが》めるピープルウォッチングも楽しい。ストリートを曲がると、がらりと風景が変わっていたりするのも、おもしろい。ハドソン川に沿って、まっすぐに伸《の》びている遊歩道を散歩したり、ランニングしたり。全部、ジェイクといっしょ。だから楽しい。


「どこでもいいよ。ジェイクの行きたいところでいい」

「じゃあ、恐竜《きょうりゅう》の骨と隕石《いんせき》、見に行きますか」

ジェイクの日本語は丁寧だ。わたしの耳にはそれが新鮮《しんせん》で、やっぱりかわいく響く。

「賛成！」

恐竜の骨と隕石、と言えば、アメリカ自然史博物館だ。

そこはジェイクの大好きな、子どものころから遊んできた「庭」みたいな場所で、わたしたちもいっしょに、もう何度も行った。でも、何度、行っても、まだまだ見るべきものが残っている。飽きない。だから今回も行く。

「じゃあ、十二時に迎えに行きます」

「了解《りょうかい》！」


わたしは午前中、ニューヨーク大学の近くにある英語学校で授業を受けている。主に移民とその家族を対象にした、無料の英語学校だ。

先生はみんなボランティア。

教室には、人種も民族もさまざま、年齢《ねんれい》も性別もさまざまな人たちが集まってくる。

わたしはここではひとりの外国人だ。日本からやってきた外国人という感覚。

これがなかなか気持ちいい。

日本では、自分が「普通《ふつう》」だと思っている、その「普通」から解放されたような気持ち。自由な感じ。日本では「自分たちと違っている人たちを受け入れましょう」と、先生は言う。ここではその逆。違いは最初からあって、違いがあるのが当たり前。だから受け入れるのではなくて、最初から共存していく。

本当は、日本人も、そうなんじゃないかと思う。日本人にもいろんな違いがあって、いろんなルーツがある。もとをたどれば、中国、台湾《たいわん》、朝鮮半島《ちょうせんはんとう》、モンゴルやチベットからやってきた人たちや、ネイティブインディアンを祖先に持つ人だって、いるはずだ。純粋《じゅんすい》な日本人って、本当はどこにもいないのかもしれない。日本だって、アジアからの移民でできあがった国、と言えないこともない。

なぁんて、日本では考えてもみなかったこと、気づかなかったことに、気づくことができる。だから、外国への旅は素敵だと思う。

授業が終わるのは十二時。

それからはずっと、ジェイクといっしょに過ごしている。

今回の旅の日数は、合計二週間ほど。黄金の二週間だ。この輝《かがや》かしい二週間のために、残りのモノクロの時間を生きているような気さえする。

英語学校へ向かって歩いていきながら、わたしは『ニューヨーク・ニューヨーク』という古い歌を口ずさんでいる。

ゆうべ、四人でこの映画を観た。ジェイクのマムが教えてくれた。「この映画を観て、ああ、行ってみたいなって思った」のがニューヨークに住むようになったきっかけだった、と。

背筋をぴんと伸ばして、颯爽《さっそう》と歩いていく。ニューヨーカーになった気分で。

夏の朝のニューヨーク。暑いことは暑いけど、湿気《しっけ》が少なくて、ハドソン川から吹《ふ》いてくる風が清々《すがすが》しい。

ベイビーカーを押《お》しながら、ランニングしているお母さん。

アジア系の子どもの手を、両側から引いて歩いていく男同士のカップル。

ぴしっと決まったビジネススーツの、足もとはスニーカーの女性。

コーヒーショップで、赤ん坊をあやしている男性。

お行儀《ぎょうぎ》悪く、サンドイッチを食べながら歩いている老夫婦。

スケートボードで出勤していく中年のビジネスマン。

犬と犬、人と人で会話を交わしている犬連れの人たち。

みんな、みんな、自由でいい。人の目なんて、気にしていない。けれど、他人には必要以上なくらいに気をつかっている。ジョークがうまくて、礼儀正《れいぎただ》しい。フレンドリーだけど、なれなれしくない。

風通しのいいニューヨークが好き。ジェイクの生まれ育ったビッグアップルが好き。

好きな人の生まれた街をひとりで歩いているだけで、幸せ。

あと三時間後には確実に会える人がいる、という幸せ。

これは、注文した料理が届くのを待っている時間にも似ている。

ニューヨーク・ニューヨーク！

わくわくで、どきどきで、雲ひとつない快晴。


それなのに、ああ、なんて、なんて、愚《おろ》かなわたし。

十二時に迎えに来てくれたジェイクと、ワシントンスクエア公園を通り抜けて、地下鉄に乗り、博物館に着いて、チケットを買って、入場して、ジェイクと手をつないで、館内を歩き回った。

そこまでは、なんの問題もなかった。

いつもの楽しい時間がチクタクチクタクと過ぎていった。

それなのに、ああ、なんてことを、わたしは言ってしまったんだろう。

七色の水晶《すいしょう》

ジェイク、ごめん。

ごめん、ジェイク。

さっきから、心のなかでは一生懸命、謝《あやま》っているつもりだけど「ごめんなさい」のひとことが素直に口に出せない。

わたしって、こんなに意固地で、陰険《いんけん》な女の子だったのかな。

博物館のすみっこにある、お目当てのミニョーネ・ホールへ向かっているさいちゅうだった。このホールには、世界中から集められた五千種類以上の宝石や鉱物が展示されている。まさに、宝の山。見ても、見ても、見尽《みつ》くすことなどできない神秘の宝庫。

その入り口付近で、ジェイクの友だち四人に出会った。男が三人、女がひとり。うちふたりは恋人同士のように見えた。ジェイクはもちろん、わたしのことをみんなに紹介《しょうかい》してくれた。

「ぼくのガールフレンドのユメミだよ」と、英語で。

ジェイクが英語を使ったのは、当然のことだ。ここはアメリカで、五人は全員、アメリカ人で、ひとりはメキシコ系のように見えたし、別のひとりはアフリカ系のように見えたけど、そんなことは関係ない。みんな同じアメリカ人だ。わたしだけが日本人で、英語が下手。それはわかりきっていることだったのに、ジェイクと四人が会話を始めてから、わたしは五人から、置き去りにされてしまったような疎外感《そがいかん》を覚えた。

仕方がないといえば、仕方がない。

わたしは日本にいるときも、アメリカへ来てからも、必死で英語の勉強をしているけれど、それでもネイティブ五人がしゃべり始めたら、到底《とうてい》、その会話には付いていけない。スピードも速いし、知らない単語や言い回しのオンパレードだ。まあ、ところどころ、わかるところがある、という程度になってしまう。

そのことが悲しくて、情けなくて、みじめでたまらなくて、わたしは四人と別れたあと、すねてしまった。それだけじゃない。

「あれ、ユメちゃん、どうかした？　さっきから元気がなくなりました」

日本語で優《やさ》しく問いかけてくれたジェイクに、つい、当たってしまった。

「ジェイクのせいだよ。ジェイクが冷たいから」

すべては自分の英語力不足が原因で、ジェイクは何も悪くないのに、つい、そんなことを言ってしまった。

言ってから「あ、いけない、こんなこと言っちゃ」と、頭ではわかっているのに、感情のほうが止まらなくなった。つい、つい、つい、つい。

「ああいうシチュエーションにいるときには、もうちょっと、わたしのこと、フォローしてくれてもいいいんじゃない？　五人であんなにぺらぺら話されたら、なんにもわからなくなるし、質問にも答えられなくなる。途中《とちゅう》で、会話の内容を日本語で教えてくれたっていいんじゃない？　教えてくれないから、わたし、恥《はじ》をかいたんだよ」

途中で、誰かの質問に答えたわたしの回答がちぐはぐなものになってしまって、わたしは顔から火が噴《ふ》き出《で》そうなほど、恥ずかしかった。

「わたしがミスしたとき、ぱっとフォローしてほしかった」

食ってかかるように話すわたしに対して、ジェイクはいつもの笑顔で言った。いつもの優しい言い方で。

「それは違います。特に、ぼくのフォローは必要なかった。あのね、ユメちゃん、みんなは誰も、ユメちゃんの英語のことなんか気にしていません。みんなは普通に話してた。ユメちゃんのことは、仲間だと思っていた。それだけのことです」

それは本当にそうだったんだろうと思う。

アメリカでは、他人の英語が下手か上手かなんて、誰も気にしていない。このことは、ジェイクのマムとダッドも強調していたし、英語学校の先生もそう言っていた。

それでも、わたしのみじめな気持ちは収まるどころか、膨《ふく》らむ一方だった。ジェイクの優しさに、気持ちを逆撫《さかな》でされてしまったのだ。

「みんながわたしの英語の下手さを気にしていないってことは、わたしの存在を気にしていないからだよ」

そんな屁理屈《へりくつ》まで付けてしまう。

ここまで来ると、感情の嵐《あらし》は激しくなるばかりだ。

「ジェイクはわたしの気持ちなんて、全然わかってない！　これって英語の問題じゃない！　みんなはわたしを無視してた。ジェイクもいっしょになって、無視してた！　そんなのひどい」

無視などされていなかった。ただわたしが会話に付いていけていなかっただけ。それだけだった。なのに、怒《いか》りは怒りを呼んで、もうどうにも止められない。

「ジェイクなんて、嫌《きら》い。思いやりに欠ける！　最低！」

日本語だから言えるのかもしれない。英語ではここまで感情を爆発《ばくはつ》させられない。

ジェイクは穏《おだ》やかな表情のままで、ジョークを返してきた。

「外はあんなにいい天気なのに、ユメちゃんは土砂降《どしゃぶ》りの雨です。てるてる坊主《ぼうず》、どこへ行った？　ぼくはびしょ濡《ぬ》れです」

普通ならここで、わたしが「うふふ」と笑って「ごめん」と謝って、仲直りができるところだけれど、きょうはできない。

「結局ジェイクは、わたしのことなんか、なんにもわかってない！」

一方的で理不尽《りふじん》な激しい怒りの言葉を浴びて、ジェイクの顔色がさぁっと変わった。端《たん》正《せい》な英語でこう言った。毅然《きぜん》とした態度だった。

「ぼくが何かきみに失礼なことをしたのなら、ぼくは謝るべきだろう。でも、ぼくは何も悪いことはしていない。きみが楽しくなるように、ぼくなりに努力をしている。さっきもそうだった。だからぼくは謝らない、その必要を感じない」

今度はわたしの顔色が変わる番だった。

ジェイクは理性的だ。わたしは感情的だ。

そう、確かに、ジェイクの言う通りだ。ジェイクは何も悪くない。悪くないのに謝るのはおかしい。それはわかっている。日本語の世界ではこんなとき、まず「ごめんね」と、とりあえず謝ってしまうのかもしれない。英語の世界では、本当に悪いと思って、本当に反省していない限り、謝らない。わかっている。わかっているつもりだけれど、気持ちはまだ土砂降りの雨のままだ。

ジェイクの理性を尊敬している。魅力的《みりょくてき》でもある。けれど、ときにはそれが苛立《いらだ》ちの原因にもなる。たとえばわたしが「会えなくてさびしい」と言ったとき、ジェイクは理性的な言葉で慰《なぐさ》めてくれるけど、そうじゃなくて、いっしょに「さびしい」と言って、泣いて欲しいときだって、ある。でもそれとこれは話が別だ。そのことも、わかっている。

わかっているけれど。

ごめん、のひとことが言えない。

自分が悪いって、わかっているのに。


わたしは黙ってしまった。

目の前には、水晶のコレクションの飾《かざ》られている、ガラスのケースがある。

ジェイクも黙って、ケースのなかに並んでいる水晶たちを見ている。いろんな色がある。黄、青、赤、紫《むらさき》、黒、ピンク、緑、まるで七色の虹のようだ。

透明《とうめい》な水晶もある。色があって、ないような、ハート形の水晶。

なんてきれいなんだろう。

こんなきれいな石が地球のどこかで生まれて、長い年月をかけて、こんな色と形になって、発見されて、掘《ほ》り出《だ》されて、磨《みが》かれて、宝石になるなんて。

さっきまでの怒りを忘れて、わたしは透明な水晶に見とれ始めている。

「いつ見ても、きれいです。ユメちゃんと同じ」

ジェイクがつぶやくように言った。

「うん」

思わずわたしも、うなずいた。ユメちゃんと同じ、は聞こえなかったふり。

なんだろう、なんだろう。これまでずっと考え続けてきて、答えの見つからなかった問いかけの答えを今、見つけたような気がする。なんだろう、それって。

うん、水晶の石言葉は、きっと「純粋」なんじゃないかな。

純粋な気持ち。

まっさらで、嘘偽《うそいつわ》りのない、澄《す》み切《き》った気持ち。

わかった！　と、わたしは思った。

ひらめきがやってきた。

ああ、そうだ。きっと、そうなんだ。「好き」という美しい鉱物を構成している、重要な元素があともうひとつ。七つ目のそれはきっと、水晶みたいな無色透明な気持ち。

無色透明なのに、すべての色を秘めて、きらきら輝いている、純粋な心。

そう、これがいちばん重要な元素。

つまりそれは「信じる」ってことなんじゃないかな。

自分の気持ちを信じ、相手の気持ちを信じる。ときには揺れ動いたり、色が変わったりするかもしれない。けれど、無色透明な「信じる心」という元素さえあれば、恋は育っていく。好きな気持ちは、尽きることなく生まれ出てくる。湧《わ》き出《で》てくる。

わたしはジェイクの隣《となり》に立って、水晶を見ながら、英語で言った。

「ジェイク、ごめんなさい。わたしが悪かった。ジェイクは何も悪くない。悪いのは、わたしの短気と誤解。ごめん、許してね」

ガラスのケースに映っている、ジェイクの顔がにこっと笑った。

虹色王国のオパール王子の笑顔だ。

優しくてかわいい男の子の手が伸びてきて、わたしの肩を抱き寄せてくれた。

怒り肩じゃなくて、撫で肩だ。

雨のち虹。

第５話

晴れ、ときどき雪

あしたのつぼみ

細い貝殻のように巻き上がった
あした咲くはずのつぼみ

あしたの朝に咲いて
あしたの夕方には枯れる
あしたの朝に愛でられて
あしたの夕方には忘れられる

一つの季節の終わりかけた今
同じ花が咲き始めたころのように
もう愛されることはないかもしれない
それに今夜　雨が降りでもしたら

あしたの朝には開かないまま
終わってしまうかもしれない
それなら何のためにきょうまで
このつぼみを育ててきたのか
花開くこともなく
終わってしまうなんて

そんな言葉は持たない
あしたのつぼみ
そんな言葉は知らない
人間だけが持つそんな嘆きの言葉は

あしたのつぼみはひそやかに膨らむ
夜をかけて
たったひとりで

スイッチの入る月曜日

長い髪《かみ》の毛《け》をひとつにまとめて、水玉模様のリボンで、きゅっと結ぶ。その上から、野《や》球帽《きゅうぼう》をかぶる。白いコットンシャツの上に、オリーブグリーンのエプロン。

身支度《みじたく》も、開店準備も、ととのった。

わたしは表に出て、路上にお店の看板を立てる。

看板のそばには、ゼラニウムとペチュニアとマリーゴールドを寄せ植えしたフラワーボックス。みんな、夏の顔をしている。

今は、午前八時半ちょうど。

ベイカリーカフェ「りんごの木」の開店時間だ。

「いらっしゃいませ、おはようございます！」

明るい笑顔《えがお》で、最初のお客様をお迎《むか》えする。

心にも体にも涼風が流れこんでくる。

月曜日のこの瞬間《しゅんかん》がわたしは大好きだ。

開店とほぼ同時に、何人かの常連客が立て続けに姿を現す。

焼き立てのクロワッサンやデニッシュなどを買って、コーヒーを注文し、店内で食べる人もいるし、持ち帰りにする人もいる。紙コップに入ったコーヒーを手に、駅までの道を急ごうとするビジネスマンやビジネスウーマンもいる。

あわただしく出ていこうとしている人の背中に、

「ありがとうございました。行ってらっしゃいませ！」

と、声をかける。


ベイカリーカフェ「りんごの木」は、森崎雪《もりさきゆき》さんが去年の三月にオープンさせたお店で、わたしはその年の六月から、働かせてもらっている。

働き始めてから、ちょうど一年が過ぎたことになる。

スタッフはわたしのほかに、もうひとり。

猪熊太郎《いのくまたろう》くん。漫画家《まんがか》志望の彼《かれ》は厨房《ちゅうぼう》のアルバイト。

わたしはフルタイムで、営業時間中は、接客業を中心にして仕事をしている。

月・水・金は、午前七時半から午後三時半まで。

木・土・日は、午前九時から、閉店時間の午後五時まで。

火曜日は定休日だ。

店の仕事が終わったあとは、夜間の定時制高校に通っている。

高校の授業は、午後五時半から九時半まで。

木曜日には、お店から直接、高校へ行く。雪さんは、一週間分の買い出しを兼《か》ねて、わたしを車で高校まで送ってくれる。このドライブが楽しい。


定時制高校は四年制で、わたしは今、二年生だ。

中学校を卒業したあと進学した全日制の高校を中退して、この定時制に入り直した。

わたしと同じような、不登校や引きこもりの経験者は、全生徒の三割くらいと聞いている。二十代や三十代の勤労学生もいるし、外国人も外国籍《がいこくせき》を持つ人もいる。

「みーんな、おんなじ」じゃないから、風通しがいい。

わたしが経験したような、逃《に》げ場《ば》のないいじめもない。

引きこもり中だったわたしに、

「よかったら、ぼくの店で働かない？」

雪さんが声をかけてくれたときには、本当にうれしかった。

固く閉ざされてしまい、鍵《かぎ》もなくしてしまい、あけたくても、あけられなくなっていたドアが開いた。そんな気がした。

「わたしのこと、覚えてくれてたんだ」

「当たり前じゃない？　忘れる理由なんて、どこにもないでしょ」

雪さんは、優《やさ》しい。昔から、優しかった。その優しさは、強さに裏打ちされている。曲げても折れない、しなやかな枝のような優しさだ。でもそれは、わたしに対する優しさ、ということではない。

雪さんのお父さんと、わたしの親戚《しんせき》のおばちゃんは友だちで、わたしは小学生だったとき、おばちゃんたちといっしょに、雪さんのおうちによく、ごはんを食べに行っていた。

当時、両親は別居中。

その後、両親が離婚《りこん》し、わたしは母と暮らすことになり、遠い町へ引《ひ》っ越《こ》しをした。数年後に、今度は父と暮らすことになり、ふたたび引っ越し。そのたびに、学校も変わり、家族も変わった。

母が再婚した人とも、父が再婚した人とも、わたしは仲良くできなかった。登校拒否《きょひ》をして、引きこもりになったわたしを引き取ってくれたのは、母方の祖父だった。

今も、祖父とふたりで暮らしている。

祖父の家は谷中銀座《やなかぎんざ》の外れにあって、職場であるお店からは、歩いて帰れる。

火曜日はオレンジの香り

きょうは待ちに待った火曜日。

お店も、わたしの仕事も、お休みの日。

わたしはいつも、だいたい午前十時くらいにはお店へ行って、雪さんの仕事のお手伝いをする。これって、いわゆるサービス残業なのかな。でもすごく楽しい。自分へのサービス。

「あの、めいわくじゃないですか」

いつだったか、そう尋《たず》ねたわたしに、雪さんはこう言った。

「めいわくであるわけ、ないでしょ。好きな時間に来て、好きなだけいたらいい。ここはまりなちゃんのお店なんだから」

わたしはあのとき、うつむいてしまった。

うれし涙《なみだ》を見られるのが恥《は》ずかしくて。

サービス残業、とはすなわち、優しい雪さんがわたしに、サービスしてくれている残業なんだと思った。口に出しては、言えなかったけれど。

雪さんはもちろん、火曜日も働いている。

パンの生地《きじ》や、野菜類や、デザート関係の仕込《しこ》みをすることもあるし、店内の模様替《もようが》えや、厨房の整備などをすることもあるし、いっしょに買い物に出かけることもある。メニューを考えたり、新作メニューに挑戦《ちょうせん》したり、お店で出す料理とは関係なく、何かを作って、ふたりで食べたりすることもある。

雪さんは根っからの料理好きで、何を作らせても天下一品だ。餃子《ギョーザ》、お好み焼き、ピザなども、生地から手作りで、すべてはベジタリアン。巻《ま》き寿司《ずし》、いなり寿司、ちらし寿司など、わたしの大好物を、事前にリクエストしておくと、喜んで作ってくれる。

だからわたしにとって火曜日は、一週間のなかで、いちばん好きな曜日。

「よし、来たか。きょうは、オレンジのマーマレードを作るぞ〜」

十時過ぎ、お店に顔を出すと、雪さんはカウンターの上にピラミッドのように積み上げたオレンジを前にして、そう宣言した。

オレンジというと、いかにも夏のフルーツというイメージがあるけれど、国内産の旬《しゅん》は、だいたい三月中旬から五月くらいかな。アメリカからの輸入品の旬は、七月から十二月くらいまで。

雪さんが仕入れてきたオレンジは、バレンシアオレンジ、ネーブルオレンジ、ブラッドオレンジの三種類。いずれもカリフォルニア産だという。

まずは三種類のオレンジを食べてみる。

バレンシアはややすっぱくて、ネーブルは甘《あま》くて、ブラッドはほろ苦い。

「バレンシアとネーブルは混ぜこんで、ブラッドは別個に作ろう」と、雪さん。

ブラッドオレンジはその名の通り、血の色をしている。皮も実も赤い。

「血のマーマレードができそう。吸血鬼《きゅうけつき》マーマレードだ」と、わたし。

店内に、雪さんの好きなバンドのロックを流しながら、マーマレードを作った。

マーマレードの作り方のポイントは、雪さんによると「ひたすら」だ。
ひらすら、オレンジの皮を洗う。
ひたすら、皮をむく。
ひたすら、皮の内側のワタを取る。ひたすら、皮を刻む。
「ワタには苦味があるから、ちょっとくらい残っていてもいいんだよ」
それから、ひたすら、皮を煮《に》る。
沸騰《ふっとう》したら湯を捨て、新しい水で煮て、沸騰したら湯を捨て――
これをくり返すことで、表面のワックスなども完璧《かんぺき》に取り除ける。
ひたすら、実のうす皮をむく。
ひたすら、種を取る。
ここまでが皮と実の下ごしらえ。
あとは、水と砂糖を加えて、ひたすら煮る。弱火で、ことこと、ことこと。
煮込むときには、うす皮と種を細かいネットに入れたものを加えておく。
こうすることで、いい感じのとろみが出るという。

ふたりだけで過ごす厨房に、オレンジの香りが満ち満ちてくる。

甘くて、苦くて、せつなくて、ああ、これって、恋《こい》の香りだなと思った。

ブラッドオレンジのマーマレードは、いちごジャムみたいな色に染まっている。

「皮も、ワタも、実の袋《ふくろ》も、種までが無駄《むだ》にならないって、すごいね。オレンジって、りっぱな子だなぁ。カリフォルニアの太陽の子だね」

わたしがそう言うと、雪さんは、にこっと微笑《ほほえ》んだ。

ああ、この微笑みを覚えておこう、と、わたしは思っている。

この人の笑顔がわたしひとりに対して向けられたものじゃなくても、つまり、この笑顔に、わたしに対する特別な感情がこもっていなくても、わたしは、覚えておこう。

「まりなちゃんって、おもしろい」

笑顔のままで、雪さんはそう言った。

「何が？　どこが」

「昔からそうだったけど、感覚がユニークなんだよね」

感覚って、それは何に対する、どういう感覚なんだろう。くわしく聞きたいけれど、聞くのがこわいような気もして、わたしはただ首をかしげる。

「へえ？　そうかなぁ」

「そうだよ。自分では気づいてないでしょ。自分では普通《ふつう》だって思ってるでしょ」

「わりと」

普通だとは決して思ってはいないけれど、わたしはうなずく。

「そこがまりなちゃんのいいところ。ひねくれていない。まっすぐだ」

まっすぐなのは雪さんで、わたしはひねくれ者なのに。

雪さんもわたしも、両親の離婚を経験している。同じ経験があるのに、雪さんにはない暗い影《かげ》をわたしはまとい続けている。

ああ、雪さんに、もっと、いろんなことを話してみたい。いじめられていたこと、両親の再婚相手をどうしても好きになれなかったこと。

「雪さん……」

ささやくように呼びかけたとき、宅配便の配達の人がやってきて、会話は中断されてしまった。

そこがまりなちゃんのいいところ。

覚えておこう。絶対に忘れない。「まりなちゃん」と、雪さんがわたしの名前を呼んでくれただけで、わたしの胸がときめいたことを。
好きだから。
雪さんが好きだから。
ひたすら、好きだから。
好きな人の笑顔だから。
好きな人の言葉だから。
覚えておこう。しまっておこう。
あとで取り出して、何度でも味わって慈《いつく》しもう。
好きな人の口から出た、わたしの名前。

水曜日の将来の夢

午前十時過ぎ。
朝の忙《いそが》しい時間帯が終わって、わたしたちはほっとひと息、ついている。

雪さんはチョークで、壁《かべ》の黒板に「今週のスペシャル」を書いているところだ。

十一時から閉店時まで、このセットメニューを出し続ける。ブランチとしても、ランチとしても、夕方の軽食としても、食べられる。

ベイカリーカフェ「りんごの木」のメニューは、すべてベジタリアンだ。つまり、肉や魚や、これらの加工品は使っていない。雪さん個人の食生活も菜食主義。影響《えいきょう》を受けて、わたしもそうなっている。


【今週のスペシャル】
＊いちじくとアーモンドの全粒粉《ぜんりゅうふん》マフィン
＊じゃがいもとコーンの冷たいスープ
＊根菜たっぷりのしゃきしゃきサラダ
＊とうふコロッケ、タルタルソース添《ぞ》え
＊オレンジのマーマレードクッキー

「これ、食べてみる？」

猪熊くんが厨房から出てきて、焼き上がったばかりの、オレンジのマーマレードクッキーをすすめてくれる。

雪さんとわたしは、プレートから直接、一枚ずつ取り上げて、かじる。

「どうですか、お味は」

「んーメェ」

雪さんが山羊《やぎ》みたいな声を出すので、わたしはクッキーを吹《ふ》き出《だ》しそうになる。

あわてて飲みこんで、笑いながら言う。

「最高だよ！　嚙《か》んだとき、ほんとに『サクッ』って音がした」

「生地の甘さと、皮の苦さ加減がちょうどいいね」と、雪さん。

「まーマーマレードは、店長サクですからね」と、猪熊くん。

猪熊くんは、このマーマレードがわたしと雪さんの合作だってことを知らない。

「それって、だじゃれ？」と、わたし。

「掛《か》け詞《ことば》だよ」と、雪さん。

三人のチームワークはいつだって、完璧だ。

けれど、ときどき、じゃなくて、しょっちゅう、わたしはこう思ってしまう。

雪さんとわたし、ふたりだけでこのお店をやっていけたらいいのになって。思ってはいけないことだとわかっているけれど、つい、思ってしまう。

以前は、定時制の高校を出たあとは、介護士養成《かいごし》の専門学校に入って、資格を取りたいと思っていた。介護士なら一生、仕事に困ることもないだろう。

雪さんに「将来の夢は？」と訊《き》かれたときにも、胸を張って答えた。「介護士になりたいんです」って。

今は、そうは思っていない。

雪さんのお店に、永久就職したい。

雪さんのそばにいると、わたしは、わたしを好きでいられるから。

わたしは、あなたを好きなわたしが好き。

自分が嫌《きら》いで、世界を嫌って、世界中を敵にして戦っているような引きこもりで、劣等《れっとう》感《かん》と自己嫌悪《じこけんお》の塊《かたまり》だったわたしを、優しく解きほぐしてくれた人。

あなたのそばにいるだけで、わたしは優しい人間になれる。

でも、わたしは気づいている。

この想《おも》いにはいつも、悲しみの影が付きまとっている。

うたかたデートの木曜日

「まりなちゃん、お疲《つか》れさま。きょうはランチタイムがかなり忙しかったね」

木曜日の五時過ぎ。

わたしは、雪さんが運転する車の助手席に乗せてもらって、高校へ向かっている。

目の覚めるようなブルーのフォルクスワーゲン・ゴルフGTIは、雪さんの愛車だ。

わずか二十分ほどのドライブ。この時間だけは、わたしは雪さんの「彼女《かのじょ》」だと思っている。なぜなら雪さんは前に「この車の助手席には、彼女しか乗せない」って言ってたことがあったから。

車内には、ゆったりとしたピアノジャズが流れている。

「疲れたでしょ」

「うん、足が電信柱になった。あ、大根かな」

「でも、これから学校へ行くなんて、まりなちゃんは本当に偉《えら》いよ」

「偉くなんてありません。二宮金次郎《にのみやきんじろう》の女の子版」

「何それ」

「雪さん、知らないの？　二宮金次郎」

「知らないなぁ、誰《だれ》それ、金太郎《きんたろう》の親戚か何か」

「ブーッ」

「勝手に豚《ぶた》になられても困るよ」

ふたりの笑い声で、ジャズがかき消される。

どんなにお店の仕事が忙しくても、木曜日はこの二十分があるから、がんばれる。


いつだったか、雪さんからこんな提案をされたことがあった。

「木曜日も、三時半で上がっていいよ。まりなちゃんは高校があるんだし」

わたしは即座《そくざ》に断った。

「特別扱《とくべつあつか》いしないでください。社会人なんですから」

「半分は学生でしょ」

「学生だって、甘やかすべきじゃありません」

「そうなの」

「そうです！　雪さんは、甘過ぎます」

「砂糖は、控《ひか》え目《め》にしているつもりなんだけど」

あのとき、喉《のど》まで出かかっていた言葉があった。

今なら、冗談《じょうだん》っぽく、言ってしまってもいいのかもしれない、と思っていた。

雪さん、わたしから、木曜日のデートを奪《うば》わないでくれますか。

でも、言えなかった、そんなこと。

言ったら、雪さんは笑って、別のジョークを返してきたかもしれない。

でも、もしも、ジョークじゃない答えが返ってきたらどうしよう、っていう思いのほうが強くて、言えなかった――。


思い出しながら、わたしは雪さんの横顔に向かって、二宮金次郎の説明をする。

本当はもっと、ロマンティックな話題を出したいのだけれど。そもそも、ロマンティックな話題とはどんな話題なのか、すら、わかっていないくせに。

「あのね、金次郎少年は、背中に薪《たきぎ》を背負って、片手には本を持って、働きながら勉強していた子なの。勉強しながら歩いていたの。わたしとおんなじで」

「危ないじゃない、そんなことしたら」

「え、なんで」

「だって、本を読みながら歩いたりしたら、危ないでしょ」

ふたたび、車内の空気が笑いで揺《ゆ》れる。

ふわふわと揺れている空気のなかで、わたしの心の芯《しん》だけは揺れていない。

雪さん、これって、わたしにとっては、デートなんだよ。つかのまで、うたかたで、かりそめかもしれないけど、デートなんだ。

ジャズは、女性ヴォーカルのナンバーに変わった。かすれているのに、たっぷりと湿《しめ》った声で、彼女は恋の歌を歌っている。

ところどころ、英語の意味のわかる歌詞がある。


恋のメモリーは、だれのもの。

愛のメモリーは、だれのもの。

メモリーのなかには、幸せがあるの。

それとも、悲しみがあるの。

ねえ、教えて、スイートなあなた。

あなたと作ったメモリーは今、どこにあるの。


終わらないで、いつまでも終わらないで、と祈《いの》っている時間はすぐに終わる。

次の交差点のすぐ先に、高校の校舎が見えている。

あと三分ほどで、デートが終わる。

きょうも「好きです」って、言えなかった。

言う勇気もないし、自信もないし、もしかしたらずっと、言わないままでいるのかもしれないけれど、木曜日のデートのさいちゅうには「好きです」という言葉が胸のなかで、熱くなったり冷たくなったりしている。

カーラジオから流れていた音楽が終わって、信号待ちをしている雪さんがハンドルを握《にぎ》ったまま、顔だけをぱっと動かして、ふっと、わたしのほうを見た。

一瞬、時計が止まった。

目と目が真正面から合って、わたしの心臓が「ドクン」と音を立てる。

わたしがさっきからずっと、雪さんの横顔を見つめていたことがばれてしまった。
雪さんは笑っていない。
目つきが妙《みょう》に真剣《しんけん》だ。
わたしも笑っていない。
この目は何を意味しているの。
「何？　急に。わたしの顔に何か付いてる？」
思いとは裏腹な、生意気そうな口調になってしまう。
雪さん、何か言いたいことでもあるの。
どんなこと。
あるのだったら、なんでも言って。
本物のデートに誘《さそ》って。
嘘《うそ》でもいいから、好きだよって言って。
そんな思いをパタパタパタと片づけて、心の奥《おく》の引き出しのなかに入れこむ。
「ううん、なんでもないよ。まりなちゃん、よくがんばってるなぁって思っただけ」
優しい人の声がひどく遠くから、ちょっぴり冷たく聞こえてくる。

落ち葉のタルトの金曜日

毎日がお祭りみたいだった夏休みが終わって、秋がやってきた。

お祭りみたいだったのは、お店が繁盛《はんじょう》していたせいもあるけれど、三日間のお店の夏休みに、雪さんと、いろんなところへ行ったから。

雪さんのおうちへ、ごはんを食べに行った日もあった。雪さんのお父さんと、友だちも招待されていて、ごはんのあと、ベランダで花火をした。にぎやかな夜だった。

いつも、誰かがいっしょだったけれど、それでもじゅうぶん、楽しかった。

楽しかったけれど、ちょっと苦しかった。

苦しいのに、それでも顔を見ていたいし、他愛《たわい》ない会話でも、交《か》わせるだけでうれしい。

うれしくて、物足りない。

恋をしているせいなのか、自分の感情がめまぐるしく変化する。

むかしむかし、小学四年生のとき、一学年下の親戚の男の子と「恋人同士」になったことがあった。いっしょに手をつないで歩いただけで、一丁前に恋人気分になっていた。今にして思えば、あんなのは、蚊《か》に刺《さ》されたようなものだったのだとわかる。

本当の恋っていうのは、もっと痛いものなのだ。

たとえば、自分の棘《とげ》で、自分を突《つ》き刺《さ》しているように。

それでもわたしは、雪さんに恋をしている自分が好きだ。

十月の夜、十一時過ぎ。

学校から戻《もど》ってきて、宿題を済ませて、かぼちゃのタルトを食べながら、わたしは本を読んでいる。

お店の本棚《ほんだな》から抜《ぬ》き取《と》って、持ち帰ってきた本。

本棚には、読書家の雪さんの集めた本がぎっしり並んでいて、もしも気に入った本があれば、お客さんは自由に持ち帰ることができる。返したくなくなったら、その代わりに、自分の蔵書を持ってきて、置いておけばいい。

ページをめくると、茶色のマーカーで、ぐいぐい線の引かれている箇所《かしょ》がある。

雪さんが引いたのだろう。

音楽の一番大好きなところはそこ。音自体でも、観衆でも、素敵《すてき》な時間とかいったものでもないの。もちろん言葉でもない。感情よ。それから物語。そして真実。そういったものを、この自分の口から発することができるという部分。

だから音楽は、掘れるのよ。わかるかしら？　そいつはあなたの胸にショベルを突き立て、何かにぶち当たるまで掘《ほ》り進《すす》んでいくの。

ブルースロックのバンドの女性ヴォーカルの発言だ。

この言葉が雪さんの琴線《きんせん》に触《ふ》れたんだな、と思いながら、フォークでタルトを切り分けて、口に運ぶ。

リッチな秋の味がする。

枯《か》れ葉色《はいろ》のフィリングには、かぼちゃのほかに、メイプルシロップ、ミルク、卵、シナモン、ナツメグ、ジンジャーが入っている。

タルトの生地は、三日前の火曜日に、ふたりでいっしょに仕込んだ。

手のひらでソフトボールくらいの大きさに丸めて、ラップでくるんだものを冷凍《れいとう》しておく。猪熊くんはそれを前の晩に解凍しておいて、翌朝、焼き立てのタルトを作る。

余ったタルトの生地で、

「まりなちゃん、粘土《ねんど》遊びするか」

雪さんはそう言って、わたしたちは、いろんな形のガーニッシュをこしらえた。

ガーニッシュというのは、タルトの上にのせる飾《かざ》りのこと。

月、星、太陽、魚、小鳥、お花、葉っぱ、家、それから、訳のわからないものをいっぱい作って、笑い転げた。

「ええっ、何ですか、それは」

雪さんの作った、てるてる坊主《ぼうず》みたいな、雪だるまみたいな形をした人形。

「ああ、これはね、天使だよ、天使」

「天使には、見えないなぁ」

「だったら、妖精《ようせい》かな」

「なんの妖精」

「さあ、なんでしょうか。まりなちゃんのご想像に任せます」

他愛ない会話がなぜ、あんなにもきらきらしているのか。

それはきっとあの会話が「もちろん言葉でもない。感情よ。それから物語。そして真実」だからだろう。

きょうの三時半。

仕事を終えて、帰ろうとしているわたしを呼び止めて、

「はい、これ、お土産《みやげ》。おじいさんといっしょに食べて」

そう言って、雪さんが持たせてくれたかぼちゃのタルトの上には、恋の妖精がのっかっていた。そう、わたしの想像に任せられた妖精——。

窓の外で、はらはらと、落ち葉が舞《ま》っている。

わたしの気持ちも舞っている。

落ち葉と違《ちが》って、わたしはどこへも着地することができない。

ちょっとさびしいよ、雪さん。

すごく会いたいよ、雪さん。

あしたは土曜日。こんなに疲れているのに、あしたの朝の九時がもう待ち遠しい。

ものすごく好きだよ、雪さん。

土曜日は涙の雨

「じゃあ、あとは、ふたりに頼《たの》んでいいかな」

雪さんはわたしたちに声をかけると、店の二階に上がっていった。

二階には、雪さんの部屋がある。バスルーム付きのワンルームに、ベッドと、机と、本棚を置いてあるだけのスペースだ。階段をはさんで手前の部屋は、倉庫がわりに使われていて、お店関係のさまざまなグッズが収められている。

土曜日の午後四時。

あと一時間で閉店時間がやってくる。

店内のお客さんはすでに食事を終えて、食後の紅茶とケーキを食べている。このあと、大勢のお客さんが来ることはないし、難しい注文が入ることもない。

四時半くらいから、猪熊くんは厨房の片づけを始める。わたしもそれを手伝いながら、あしたの朝の仕事の準備をする。最後のお客さんを送り出したら、雪さんはレジを締《し》め、帳簿《ちょうぼ》を付けたり、買い物リストを作ったりする。

でもきょうは一時間、早く店を出て、どこへ行くのだろう。

五分後、トントントンと、軽快な足音を響《ひび》かせて下りてきた雪さんは、仕事着から普段着に着替えていた。

かっこいいフーディに、ダメージジーンズ。マフラーと毛糸の帽子、ワークブーツ。

いわゆるアメカジ系のファッションがこんなに似合う人は、そんなにいない。

きっと、スタイルがいいからだろう。

なんて、思いつつ、わたしは雪さんに尋ねる。

「雪さん、どこへ……」

返事は間髪《かんはつ》を容《い》れず、猪熊くんから戻ってきた。

「成田空港《なりたくうこう》ですよね！」

雪さんはいつもの笑顔をわたしに向けた。いつもの、あの、優しい笑顔。

「うん、ちょっと成田まで」

「車で」

とっさに訊き返してしまったのは、雪さんが手に、車のキーを持っているのが見えたから。それは、木曜日にわたしを学校まで送ってくれるときに持っているものだから。

「彼女をお迎えに、ですよね！」と、猪熊くん。

その言葉には答えを返さず、雪さんは右手を上げて、お店から出ていった。

月極《つきぎ》めの駐車場《ちゅうしゃじょう》は一ブロック先だ。

衝動的《しょうどうてき》に追いかけていきそうになるのを、抑《おさ》えた。

なんで、わたしが追いかけていかなくちゃならないの。


ポーカーフェイスで店の仕事を続けているわたしに、何も知らない猪熊くんは、べらべらと話しかけてくる。ったく、おしゃべりな猪《いのしし》と熊め。

「店長の彼女がね、きょうから一週間ほど、アメリカから日本へ遊びに来るんですよ。ほら、留学中に知り合った人。あの絵を描《か》いた人ですよ。アラスカで、環境《かんきょう》問題の研究をしているサイエンティストというか、エコロジストというか、アーティスト。すっごい年上の、すっげぇ美人らしいです。さすが店長、やるべきことはやってますよね。虫も殺さない顔してさぁ」

わたしはショックを受けている。

わたしがまったく知らなかったことを、猪熊くんが知っていたことに。

出入り口に向かって右手の壁のほとんど全面を、埋《う》め尽《つ》くしている一枚の絵。

その絵を描いた人は、アメリカに住んでいる雪さんの友だち、ということは知っていた。留学中だった料理学校で知り合った、ということも、教えてもらっていた。

けれど、その人と雪さんが恋人同士であるということと、きょうから、彼女が日本へ来る、ということは、まったく知らなかったのだ、ついさっきまで。

このことが意味していることは、なんなのだろう、と、わたしは考えた。

ぐるぐるぐるぐる、考えた。

考えても考えても、意味なんて、わからない。

結論として「意味はないのだ」と、わたしは思い至る。

雪さんがわたしに「きょう、恋人がアメリカからやってくる」と、わたしに教えなくてはならない義務なんて、ない。わたしは、雪さんのプライベートなあれこれについて、知る権利もない。親しくしてもらっているし、優しくしてもらっているけれど、雪さんにはなんの義務もない。ない、ない、ない、ナッシングだ。

夜、家に戻って、おじいちゃんと夕ごはんを食べたあと、部屋にこもって、泣いた。

なぜ、泣いているんだろう。

これって、どういう涙なんだろう。

雪さんに彼女がいたって、全然、不思議じゃない。

むしろ、いないほうがおかしい。そんなことにも気づかないで、勝手にどんどん片思いをしていたわたしって、単なる馬鹿。鈍感《どんかん》な女。

悲しみの涙、というよりも、それは怒《いか》りの涙に近かった。

跡形《あとかた》もなく溶《と》ける日曜日

日曜の朝はいつだって、目覚めた瞬間からわくわくしていた。

仕事が終わったあと、学校へ行かなくていい。それだけじゃない。日曜日の夕方には、雪さんがわたしと猪熊くんのために、特別な夕ごはんを作ってくれて、三人でいっしょに食べるのが習慣みたいになっていた。そして、猪熊くんに何か用事があるときには、ふたりで食べることになる。それが何よりの楽しみだった。

今朝の空は快晴だ。

わたしはわくわくしていない。

泣き寝入《なねい》りをしたいせいで、うまくまぶたがあかなかった。

顔を洗って、鏡に映してみると、ひどい顔になっている。

でも、仕事を休むわけには行かない。何か悲しい映画を観《み》て、泣いてしまったと言い訳でもしようか。

身支度をととのえて家を出てから、まったく別の意味で、どきどきしてきた。

きのう、迎えに行った恋人は、雪さんの部屋に泊《と》まったのだろうか。

泊まったとして、でもそれがわたしと何か関係があるの？

あるに決まっているのだけれど、雪さんからすれば、なんの関係もないってことになるのだろう。


「おはようございまーす」

普通っぽくあいさつをして、裏口から厨房へ入っていく。

店はすでにオープンしている。日曜日だから、会社勤めの人たちの姿は少ない。家族連れやカップルが目立つ。

猪熊くんはオーブンから、スコーンを取り出しているところだった。

雪さんは、レジのあたりで、お客さんと話をしている。

彼女は？　彼女は？　彼女は？

制服に着替えて、店内へ出ていこうとしている背中に、ふんわりした声が降りかかってきた。

その人は、二階から下りてきた。まるで、妖精が空から舞い降りてくるように。

「こんにちは、はじめまして、まりな。私はソフィアです」

美しい英語だった。

わたしも英語で答えを返した。ゆうべ、ひそかに練習しておいた台詞《せりふ》だ。

英語が下手だって思われたらくやしいから、鼻水をすすり上げながら、無理やり笑顔を作って、鏡に向かって練習しているうちに、気持ちが少しずつ、収まっていったような気もする。

「はじめまして、まりなです。いつもここで、あなたの描いたあの絵といっしょに、仕事をしています」

絵のタイトルは「パラダイス」――りんごの木の下に、いろんな動物が描かれている。動物愛に満ち満ちた絵だ。

「かわいい人。雪から、いつもあなたの話を聞いていました。あなたは一生懸命《いっしょうけんめい》、仕事をしている。勉強もしている。尊敬できる人だって、彼は言ってます。たいせつな人なんだって。私、とても会いたかったの、あなたに会えて、私は幸せです」

わたしは、ぼーっとしている。いや「ぼーっ」じゃない、これは「ぽーっ」だ。

女性が女性に見とれるって、そういうことってあるんだな。

年齢《ねんれい》は確かに、雪さんよりもかなり上なのだろう。俳優のナオミ・ワッツを思わせる。単にルックスがいい、というわけではない。内面から滲《にじ》み出《で》てくるような上品さがある。知性を感じさせる。

なんて、なんて、素敵な人なんだろう。

彼女とわたしは、自己紹介《じこしょうかい》をし合った。

拙《つたな》いわたしの英語を、彼女は真剣に聞き取ってくれている。

落ち着きと、自信と、あとはなんだろう、隠《かく》しきれない茶目っ気みたいなものも見え隠れしている。そこがいい。大人なのに少女の魅力《みりょく》を兼ね備えている、とでも言えばいいのか。でも、やっていることは、環境破壊《はかい》との闘《たたか》いなのだ。

「あ、忘れてた！　あなたにプレゼントがあるの」

話の途中《とちゅう》で、ソフィアはいきなりそう言うと、下りてきたばかりの階段を駆《か》け上《あ》がっていった。完全に少女に戻っている。そんな感じの走り方。

ふたたび下りてきたときには、森の動物たちを従えたライオンみたいな雰囲気《ふんいき》を漂《ただよ》わせながら「あけてみて」と、謎《なぞ》めいた微笑み。

なんだろう？　って思いながら、リボンを解《ほど》いて、正方形の箱をあけた瞬間、わたしは息を止めてしまった。額装された、小さな絵。

そこには、まっ赤な実をいっぱい付けたりんごの木が描かれていて、木の下には、りんごのお菓子《かし》を作っている女の子の姿。すごくかわいい。まるで絵本の一場面みたいだ。

まさか、これって、わたし、なの？

「雪から話を聞いて描いたの。あなたの絵よ。どう？　気に入ってもらえたかしら」

涙が出そうになるほど、うれしかった。

ううん、そうじゃない。うれしいのか、うれしくないのか、わからない。

わからないけど、この感情には、悲しみの影が落ちてこない。

雪さんがわたしたちに気づいて、近づいてきた。

雪さんは今までに一度も見せたことのない、特別な笑顔をソフィアに向けている。それはまさに「愛する人」を見る目だった。わたしは完璧に降参している。

「なぁんだ、もう意気投合してたの。ソフィア、こちらがまりな。ぼくの仕事仲間だよ。まりな、こちらがソフィア、ぼくのフィアンセです」

雪さんはなめらかな英語でそう言った。

フィアンセ。そうか、婚約者なのか。

嫉妬《しっと》の気持ちなど、みじんも湧《わ》いてこない。婚約者でよかった。雪さんにふさわしいパートナーだ、この人は。この人のせいで、わたしが失恋《しつれん》をしたのだとしたら、わたしは失恋して本当によかった、そう思った。

ソフィアは、陽《ひ》だまりで咲《さ》くたんぽぽみたいな笑顔になった。

「素敵な仕事仲間に恵《めぐ》まれたわね、雪、あなたは果報者よ。お店もとっても素敵ね。それはスタッフたちが素敵だからよ。ああ、お腹《なか》すいた。まりな、私に何か食べさせてちょうだい。あなたがびっくりするくらい、牛みたいに食べるわよ、私」

こんな人に愛され、こんな人を愛している雪さんだから、わたしは好きになったのだ。
好きになって、よかった。
ふと窓の外を見ると、雪が舞っていた。いや、そうではない。実際には舞っていない。
これは、わたしの心のなかの風景に過ぎない。
東京では、雪は滅多《めった》に降らない。だからこそ、降ったときには、とびきり美しい。
美しいものは、天から地上に舞い落ちて、跡形もなく、溶ける。初恋もまた。
初恋は、一生に一度しか、できない。だからこそ、美しい。
最初で最後のわたしの初恋は――
晴れ、ときどき雪。

エピローグ――あとがき、ときどきエッセイ

みなさん、こんにちは。私はこの本の作者です。

三十年ほど前から、ニューヨーク州の森のなかで暮らしています。ときどき、森から出て、町へ散歩に出かけます。片田舎《かたいなか》にあって、州立大学が一校あるだけの、とても小さな学園町です。

ある日、散歩の途中《とちゅう》で、ちょっと不思議な看板を見つけました。

英語の看板を日本語で書くと、こうなります。

【エシカルチョコの店――ラッキー・ラシャス・チョコレート】

ラッキー（Lucky）は幸運で、ラシャス（Luscious）は甘《あま》くて香りがよくて気持ちいい。

でも、エシカル（Ethical）って、なんだろう。

初めて目にする英単語でした。

一軒家《いっけんや》の一階がお店になっています。

広いガラス窓の向こうには、カウンター席とテーブル席が見えていて、どのテーブルの上にも、小さなかわいい花が飾《かざ》られています。

この、小さなかわいいお店で、甘くて香りのいいチョコレートを食べたら、きっと幸運がいっぱいやってくるに違いない。そんな思いに駆《か》られて、お店のドアをあけ、なかに入ってみました。

わあ！　きれい！　おいしそう！　いい匂《にお》い！

目の前のショーケースには、色とりどりのチョコレートが並んでいます。チョコレートのほかには、クッキー、ブラウニー、マカロンなど。すべてハンドメイド。

ひと口サイズのチョコレートには、花かフルーツの名前が付いています。それぞれの味と香りのクリームがチョコレートのなかに入っているようです。

迷いに迷って、私は「ハイビスカス」と「ラベンダー」と「マンゴー」を注文し、ココアも注文して、テーブルに着きました。

待っているあいだに、テーブルの片隅《かたすみ》に置かれている店のポストカードを手に取って、説明を読んでいるうちに、わかりました。

エシカルの意味は「倫理的《りんりてき》」で、この店で作られているハンドメイドのチョコレートは、公正な貿易、環境保護《かんきょう》、動物愛護の思想に基《もと》づいて、また、ありとあらゆる差別や偏見《へんけん》をなくそう、という考え方のもとに作られたものだったのです。

動物愛護の精神にのっとって、バター、生クリーム、牛乳、卵などはいっさい使われていません。

それなのに——ああ、実際に食べてみて、私は心底、驚《おどろ》きました。

チョコレートもココアも、とってもリッチで、なめらかで、味も香りも芳醇《ほうじゅん》で、うっとりするような美味《おい》しさです。

思わず、追加で「バナナ」と「ローズヒップ（薔薇《ばら》の実）」を注文しました。

ふと店内を見回すと、あるテーブルでは、四人の大学生たちが、にぎやかにおしゃべりしています。男子がふたり、女子がふたり。久しぶりにみんなで会って、楽しい同窓会を開いているように見えます。

カウンター席では、女性同士のカップルが寄《よ》り添《そ》って、ないしょ話をしているようです。きっと、ふたりの「甘くて香りのいい秘密」を教え合っているのでしょう。

あるテーブルでは、恋人《こいびと》同士のように見える男女がチョコレートを食べさせ合っています。女性は私と同じアジア系、男性は非アジア系。遠距離恋愛《えんきょりれんあい》だったふたりがやっと会えた、という感じです。

また、あるテーブルでは、女の子がひとりで本を読みながら、ハーブティを飲んでいます。いったい、どんな本を読んでいるのでしょう。

それぞれのテーブルに、それぞれの物語があるのだな、と思いました。

帰り道、私の心のなかに、するすると、物語が浮《う》かんできました。

五粒《つぶ》のチョコから生まれた、五つの恋の物語。

それがこの本です。

気に入っていただけたでしょうか。

気に入ったら、ココアのおかわりと、チョコレートの追加注文もしてくださいね。

＊作中で引用した文章と詩の原典は、以下の通りです。（一部の漢字にルビを振りました。）

P30『すべてきみに宛てた手紙』（長田弘著・筑摩書房）

P70―71『誰も気づかなかった』（長田弘著・みすず書房）

P186『デイジー・ジョーンズ・アンド・ザ・シックスがマジで最高だった頃』（テイラー・ジェンキンス・リード著・浅倉卓弥訳・左右社）

なお、各章の冒頭に掲げた詩5編は、著者（川滝かおり名義）の詩集からの引用です。

「扉」「宇宙のなかで」「あしたのつぼみ」――『夕暮れ書店』（サンリオ）

「さびしさはどこから」――『だけどなんにも言えなくて』（サンリオ）

「あこがれ」――『愛する人にうたいたい』（サンリオ）

小手鞠るい（こでまり・るい）

1956年３月17日、岡山県備前市生まれ。魚座。血液型はＡ型。同志社大学卒業。1992年からニューヨーク州在住。手紙や詩、日記や作文が大好きで、中学生時代から、作家になりたいとあこがれていた。この作品は『スポーツのおはなし　リレー　空に向かって走れ！』『午前３時に電話して』『おはなしサイエンス　鉱物・宝石の科学　七つの石の物語』『ごはん食べにおいでよ』に登場する人物たちの織りなす初恋物語集。初恋小説としてはほかに『初恋まねき猫』がある。『川滝少年のスケッチブック』は、著者の父親とのコラボ作として話題を呼んだ。最新刊は「ようせいじてん」シリーズ（全４巻）。趣味は、お菓子作り、パン作り、ガーデニング、ランニング、登山。最近のお気に入りスイーツは、100％カカオのチョコレートとココナッツマカロン。動物が大好き。アフリカへ行ってライオンに会うのが夢。児童書、一般文芸書ともに著書多数。

晴《は》れ、ときどき雪《ゆき》

2024年10月21日　第１刷発行

作―――――――小手鞠《こでまり》るい
画―――――――松倉香子《まつくらかおり》
装丁――――――岡本歌織（next door design）
発行者―――――安永尚人
発行所―――――株式会社講談社
〒112-8001
東京都文京区音羽2-12-21
電話　編集　03-5395-3535
　　　販売　03-5395-3625
　　　業務　03-5395-3615
印刷所―――――株式会社新藤慶昌堂
製本所―――――株式会社若林製本工場
本文データ制作――講談社デジタル製作

N.D.C. 913　204p　20cm　ISBN978-4-06-535973-0

本書は書き下ろしです。

小手鞠るいの本

『スポーツのおはなし　リレー　空に向かって走れ！』

運動会４００Ｍリレーの予備選チームが決まった！俊足の**みなみ**、本の虫**雄大**、ピアノ少女**愛理**に、走るのが怖い**晴樹**、４人の運命は?!

『午前3時に電話して』

「女の子なのが嫌になること、ない？」誰にも話せない悩みを抱え、友の前から消えた**みなみ**はブックカフェの「白い本」に自分達の物語を書き始める。